O MUIERE BISERICOASĂ

ROXANA NĂSTASE

Scarlet Leaf

2017

SCARLET LEAF
TORONTO
ONTARIO
CANADA
COPYRIGHT BY ROXANA NĂSTASE
ISBN: 978-1-988827-17-9

CUPRINS

CAPITOLUL I – O ZI OBIȘNUITĂ ÎN BISERICĂ

-Oh, nu din nou, Emily Logan murmură și, iritată, îndepărtă o șuviță de păr blond care-i atârna pe față.

Aruncă o privire la predicator. Acesta continua să bodogănească despre un păcat sau altul. Rușinată, Emily admise că a pierdut o bună parte din slujbă.

Emily își propti mâinile în brațele scaunului și împinse cu putere. Se ridică și se clătină câteva secunde, ceea ce-i aduse o grimasă pe buze.

Trebuia să meargă la toaletă, din nou, și repede. Ei bine, pe cât de repede putea. Zilele acestea se părea că pruncul nenăscut îi dansa pe vezica biliară cu sârg.

Emily se întoarse să o pornească pe intervalul spre ieșire când întâlni ochii disprețuitori ai Lornei Carter. Lorna se strâmbă și, întorcându-se către femeia de lângă ea, îi șopti ceva și-și scutură capul.

Emily știa ce fel de zvonuri împrăștiase Lorna peste tot de mai bine de jumătate de an, dar nu avea tăria să se ocupe și de aceasta.

Emily fusese atacată în urmă cu opt luni când se întorcea spre casă. A fost lovită pe la spate şi şi-a pierdut cunoştinţa. Când şi-a revenit, fusese deja târâtă într-o alee din spatele unui magazin închis. Rochia îi atârna în zdrenţe, iar un bărbat imens încerca să o molesteze. S-a luptat cu el, dar el a lovit-o cu sălbăticie până şi-a pierdut cunoştinţa din nou. În noaptea aceea, Emily a fost violată. Abia implinise şaisprezece ani.

O maşină a poliţiei a găsit-o în orele mici ale dimineţii şi a dus-o la spitalul catolic din ţinut. I s-au făcut toate testele necesare pentru a putea condamna atacatorul ulterior, dar rezultatele au fost pierdute curând după aceea, iar poliţia nu a putut aresta pe nimeni.

La spital, maică-sa a cerut pilula de contracepţie de urgenţă pentru Emily, dar doctorii au refuzat-o. I-au spus că este posibil să găsească un spital sau o clinică dornică să i-o ofere într-unul din ţinuturile din jur.

S-au dus acolo după ce Emily a fost externată, dar era deja mult prea târziu. O lună după aceea, au aflat că era însărcinată cu pruncul violatorului.

Vestea a copleşit-o şi, timp de două luni, mama sa a păzit-o constant, fiindu-i teamă că Emily işi va face rău. După cele două luni, Emily a revenit aproape la normal.

Când în sfârşit a părăsit casa şi s-a întors la şcoală, a auzit zvonurile oribile care erau şoptite peste tot. Mulţi oameni spuneau că primise ceea ce meritase.

Îi fusese teamă că oamenii o vor privi ca pe o victimă. Acum știa mai bine cum stăteau lucrurile: se uitau la ea și vedeau o târfă.

Curând, a aflat și cine era sursa acelor zvonuri oribile: bisericoasa Lorna Carter. Femeia umilea pe toată lumea și intimida cel puțin trei sferturi din oraș. Dacă Lorna decreta că nimeni nu trebuia să vorbească cu cineva anume, marea parte a oamenilor se supuneau decretului său pentru că le era teamă de ea.

Emily a învățat să trăiască și cu asta. Oricum, mai erau câțiva oameni care o vizitau și încercau să o susțină.

Emily trecu pe lângă strana Lornei și o ignoră, iar Lorna simți că i se ridică sângele la cap. Nu era genul de om cu care se putea glumi și consideră că trebuia să îi dea o lecție târfuliței.

Lorna o urmări pe Emily avansând spre ușă cu ochi îngustați. Se întoarse către vechea sa prietenă, Annaliese, să plănuiască distrugerea socială totală a lui Emily. Mai avea câteva trucuri ascunse și abia aștepta ziua în care o va putea călca în picioare pe Emily, care provenea din partea săracă a orașului.

Emily tot mai avea ceva distanță de mers până la ușă. Simțea ochii Lornei fixați pe ea. Tânăra trecu pe lângă John Rand, care îi zâmbi, iar apoi se uită dincolo de Emily la Lorna Carter. Ura din ochii lui negri o șocă pe Lorna, dar numai pentru o clipă. Apoi, un zâmbet urât îi înflori pe buze.

John Rand lucrase în brutăria de pe Strada Principală până când Lorna l-a intimidat pe Jeremiah, proprietarul, iar acesta l-a concediat pe Rand, fără a-i oferi nici măcar o scrisoare de recomandare. Rand nu a putut găsi altă slujbă în oraş sau în oraşul vecin şi, în plus, o avea şi pe mama sa în vârstă de întreţinut. Lornei nu i-a păsat, ci a considerat că bărbatul a cules ce a semănat.

Ochii ei s-au mutat cu indiferenţă la Emily. Mersul fetei îi amintea de o raţă, iar zâmbetul hidos al Lornei se lăţi.

Emily mai avea cam patru metri până la uşă. Se împiedică iar Aileen Edwards îi prinse braţul şi o ajută să îşi recapete echilibrul.

Aileen îşi clătină capul cu tristeţe, gândindu-se la starea bietei fete de şaptesprezece ani. Apoi, ochii ei albaştri aruncară săgeţi otrăvite către Lorna Carter.

Lorna o privi cu mânie. Şi Aileen a primit ce-a meritat pentru că a îndrăznit să o contrazică pe Lorna în faţa comitetului bisericii. Lorna nu putea uita sau ierta, aşa că avut grijă să-i distrugă căsnicia lui Aileen.

Ochii Lornei luciră cu dispreţ şi apoi se întoarseră înapoi la Emily. Adolescenta mai avea încă vreo doi metri şi jumătate până la uşă. Lornei nu i-ar fi părut rău dacă adolescenta s-ar fi împiedicat din nou.

Emily trecu pe lângă o familie de cinci, iar copiii îi zâmbiră. Ochii Lornei deveniră două fante înguste, iar mama imediat îi admonestă pe copii.

Aşezat într-o strană în cealaltă parte a bisericii, Matthew Jackson fu martor la schimbul de priviri şi mânia îi jucă în ochii negri. O fixă cu privirea pe Lorna, dar ea doar se strâmbă la el şi ridică din umeri. Matthew era un gândac, nimic mai mult, aşa că nu avea de ce să-i fie teamă de el.

Ochii ei se întoarseră la Emily. Acum, fata trecu pe lângă fiul Lornei, Edward, care, cu un zâmbet trist, încercă să o ajute, dar Emily îl respinse. Faţa Lornei deveni o mască furioasă. Puştan idiot! Încă mai ofta dupa fata aceea.

Dan Hanson îi deschise uşa lui Emily şi îi şopti ceva la ureche. Ea scutură din cap, dar îşi îndulci respingerea mângâind braţul bătrânului. Hanson zâmbi deasupra capului ei plecat, iar apoi închise uşa în spatele ei. Ochii săi se încrucişară cu ochii Lornei şi efectiv mârâi. Dacă ochii ar fi putut ucide, Lorna ar fi zăcut moartă acolo unde se afla.

CAPITOLUL 2 – VIAȚĂ ȘI MOARTE DUMINICĂ SEARA

Emily simți o durere puternică ascuțită în zona bazinului, scăpă coșul cu roșiile pe care abia le culesese și gemu. Se îndoi de mijloc când durerea tăioasă din spate se intensifică și lacrimile îi împăinjenieră ochii.

Avusese dureri când și când de la amiază, dar crezuse că greutatea pruncului cauza durerile pe care le simțea în partea de jos a spatelui și încercase să nu le dea atenție.

Brusc, se pomeni cu o baltă la picioare și ochii i se rotunjiră alarmați. Era în durerile facerii și asta o înspăimântă.

Emily era singură acasă, pentru că mama sa lucra în schimbul de după masă la fabrica din orașul vecin, și fata știa ca aceasta nu va veni acasă înainte de ora zece.

Emily știa și că nu putea suna la spital și aceasta o speria și mai mult. Telefonul le fusese deconectat în urmă cu două zile și încă nu avuseseră banii să plătească factura. Cecul cu salariul mamei sale urma să vină abia peste trei zile.

Oricum, tot nu ar fi putut să cheme o ambulanță. Asigurarea ei medicală abia dacă acoperea nașterea, și asta numai dacă nu erau complicații.

Emily privi în zare, dar nu văzu pe nimeni. Ele locuiau dincolo de marginea orașului și cel mai apropiat vecin se găsea cam la doi kilometri și jumătate mai jos pe șosea.

Nici măcar nu știa dacă vecinii ar fi fost dornici să o ajute. O evitaseră în ultima vreme, dar nu putea să-i condamne. Trebuiau să se îngrijească de ei înșiși și să nu o calce pe bătături pe Lorna Carter.

Pe de altă parte, dacă aș traversa câmpul din spatele casei, aș ajunge la drumul spre spital, s-a gândit ea. Erau numai cinci kilometri de mers și poate că va trece vreo mașină și o va lua și pe ea.

Acum că a decis ce să facă, Emily s-a dus în casă, uitând de roșiile împrăștiate în iarbă. Ceasul bătu ora nouă.

I-ar fi plăcut să facă un duș și să se schimbe înainte de a merge la spital, dar abia se ținea pe picioare, așa că își luă geanta cu documente și plecă. Îi era jenă să se ducă la spital așa, dar era posibil să nu mai poată pleca deloc dacă ar fi încercat să facă duș, și îi era mult prea teamă să rămână în casă singură.

Se clătină afară din casă și în jos pe scările din spatele casei. O durea spatele, dar porni cu hotărâre peste câmpul care se întindea până departe sub ochii ei înspăimântați. *Și dacă nu voi reuși să ajung la spital?*

Emily își scutură capul. *Trebuie să o fac.* Agăță cureaua de la geantă pe umăr. Cu mâna dreaptă apăsând în zona bazinului, continuă să meargă cu dificultate.

Durerea venea şi trecea în valuri regulate. O lăsa fără respiraţie şi trebuia să se îndoaie de mijloc de fiecare dată când i se contracta abdomenul. Cum fiecare durere îi lua respiraţia pentru mai mult de un minut, îi era din ce în ce mai dificil să avanseze. După vreo douăzeci de minute, o cuprinse o durere şi mai puternică şi ţipă.

O dată cu durerea, veni şi tendinţa de a împinge. Căzu la pământ ţipând. Încercă să se oprească, să nu mai împingă, dar nu reuşi.

Cu mâini tremurânde, îşi scoase chiloţii. Acum, contracţiile erau foarte aproape una de alta. Se contopiră într-o contracţie imensă şi Emily nu mai putu să respire deloc. Gâfâia şi lacrimile îi curgeau pe obraji.

Corpul ei preluă acţiunea automat şi Emily simţi copilul alunecând. Strânse din pumni cu putere, până ce încheieturile i se albiră.

Apoi valul de durere se opri câteva secunde. Încercă să respire normal, dar o altă contracţie o prinse pe neaşteptate şi, cu un urlet inuman, împinse din nou şi simţi pruncul alunecând pe pământ.

Era 9:25, 6 noiembrie, 2016, duminică seara.

***

Casa familiei Carter se găsea în celălalt capăt al oraşului, în partea cu case elegante, locuite de oameni bogaţi. Locuitorii acelor case se considerau adevaraţii stâlpi ai comunităţii şi se uitau de sus la bieţii muritori ce locuiau dincolo de graniţa pătratului ce includea doar cinci străzi.

Strada comercială separa pătratul oamenilor bogați de partea mai săracă și comună a orașului. Aici, în acel pătrat, se găseau case vechi, bine întreținute. Peluzele erau perfect manichiurate și aleile de lângă case adăposteau ultimele modele de automobile. Flori erau aliniate de-a lungul zidurilor și perdele diafane decorau ferestrele.

Casa familiei Carter avea parter și etaj, și era construită din cărămidă roșie. Fusese construită pe colțul Străzii Orhideelor. Trei stejari înalți umbreau o parte a peluziei, iar o statuie a Fecioarei domina o grădină mică și luxuriantă în cealaltă parte.

La 9:20, pe 6 noiembrie 2016, casa era aproape complet întunecată și numai lumina unei lămpi strălucea în geamul de la bucătărie.

Tăcerea domina împrejurimile. La 9:25, un țipăt scurt erupse din partea din spate a casei familiei Carter, dar a fost imediat înghițit de sunetul filmului de război din camera de zi a vecinilor lor.

Lorna Cartea zăcea pe podeaua bucătăriei sale care odinioară fusese imaculată. Fusese înjunghiată în piept și abdomen de cinci ori, în succesiune rapidă, iar sângele i se vărsase pe podeaua ce fusese spălată cu meticulozitate.

A țipat când i-au căzut ochii pe cuțitul împins în jos spre pieptul său, dar, după prima lovitură, a mai avut putere doar să șoptească. După ce cuțitul i-a străpuns pieptul a treia oară, viața i-a abandonat corpul și ochii i-au devenit sticloși. În ciuda acestui fapt, cuțitul a continuat să izbească, înjunghiind cadavrul inert.

***

La zece fără un sfert, Dan Hanson ciocăni la ușa familiei Logan. Știa că Margaret Logan trebuia să vină de la muncă în jurul acelei ore.

El venise să le aducă niște mere și pere din propria sa grădină. Îngrijea mai mulți pomi fructiferi și era foarte generos cu fructele pe care le culegea. Bărbatul se gândea mai ales la Emily, care îi amintea de propria sa fiică, și de aceea nu putea să o privească decât cu tandrețe.

Dan ciocăni din nou, dar nimeni nu-i răspunse la ușă. Atunci strigă:

-Emily, Margaret? Sunteți acolo, în spate? Sunt eu, Dan.

Cum nimeni nu-i răspunse, înconjură casa și se îndreptă spre grădină. Era convins că o va găsi pe Emily acolo, deoarece grădina devenise oaza ei de liniște în ultimele câteva luni.

Când a ajuns în grădină, Dan se opri brusc. Ochii îi căzură pe roșiile împrăștiate pe pământ și pe balta lăsată de Emily în urmă. Îi trebui cam o clipă să înțeleagă ce se întâmplase, dar își dădu curând seama de evoluția evenimentelor. Cu toate acestea, mai strigă încă o dată:

- Emily? Ești bine, fată?

Doar tăcerea îi răspunse. Se duse la ușa din spate, care rămăsese deschisă, și se uită în casă. Remarcă lipsa poșetei lui Emily din locul unde și-o lăsa mereu. El însuși văzuse geanta aceea pe colțul mesei de zeci de ori.

Dan se scărpină în cap încercând să deducă ce s-a întâmplat. Știa că Margaret nu ar fi putut veni să o conducă pe Emily la spital, iar Emily nu avea mașină. Familia Logan nu își putea permite nici un fel de lux, iar o a doua mașină reprezenta un lux, cu siguranță. De asemenea, știa că telefonul lor nu funcționa. Încercase să sune înainte de a veni în vizită, dar i se spusese că serviciul fusese suspendat.

Dan nu credea că Emily s-a dus la vreunul dintre vecini. Nici Emily și nici mama ei nu avuseseră o relație strânsă cu vecinii în ultimele luni și aceștia, în mare parte, se temeau de femeia aceea, Carter, și nu ar fi ajutat-o pe Emily.

Brusc, Dan se uită la ușa din spate. Mai exista doar o singură posibilitate: Emily a decis să meargă la spital pe jos. Își imagină că a incercat să traverseze câmpul ca să ajungă la șosea.

Dan nu risipi timpul, ci începu să alerge. În ciuda vârstei sale, era încă destul de agil și în formă fizică bună. Încă se ocupa de fermă singur, iar munca la fermă era muncă grea. Dan nu s-a oprit din alergat până ce nu a auzit scâncetul unui copil.

Într-un fel, aceasta i-a diminuat îngrijorarea. S-a uitat în jur după Emily și a găsit-o întinsă pe sol, cu ochii închiși și cu linii de durere săpate în jurul gurii și a ochilor. Era transpirată toată și îl duru inima pentru ea. Dan a fost de față când soția lui a născut și evenimentul l-a marcat pentru foarte multă vreme.

Dan o cercetă cu atenție. Aparent, Emily ștersese copilul cu chiloții și luase pruncul în brațe. Desigur, nou-născutul avea încă cordonul ombilical ataşat şi Dan nu ştia dacă acela era un lucru bun sau rău.

Bătrânul se ghemui lângă Emily şi îi atinse chipul cu mâna sa aspră.

-Emily… Emily, trezeşte-te, a insistat când şi-a dat seama că nu era conştientă de prezenţa sa.

Genele fetei fluturară şi îl privi cu ochi obosiţi.

-Domnule Hanson, a murmurat când a recunoscut figura pe care o vedea ca prin ceaţă.

-Da, păpuşă, eu sunt, a zis el, zâmbind.

I-a îndepărtat părul blond umed de pe faţă şi i-a explicat ce avea de gând să facă.

-Te voi lua în braţe şi te voi căra la maşina mea. Trebuie să mergem la spital, da? Poţi tu să ţii copilul? a întrebat-o şi a mângâiat-o pe faţă să o încurajeze.

Fata a încercat să îi răspundă, dar nu a reuşit pentru că atât gura cât şi gâtul îi erau uscate. Îşi simţea buzele uscate şi pielea crăpată la colţul gurii. Când şi-a dat seama că nu poate articula nici un sunet, pur şi simplu a dat din cap.

Dan a gâfâit un pic şi s-a clătinat sub greutatea ei, dar a reuşit să se ridice în picioare cu ea în braţe. Apoi, a pornit înapoi spre maşina pe care o lăsase în aleea familiei Logan. Făcea paşi mari, chiar dacă ii venea destul de greu să care fata. Ştia că trebuie sa o ducă la spital şi cât mai curând posibil.

***

Gus Carter s-a întors acasă la 9:45. A coborât din maşină respirând greoi ca o balenă pe uscat. Nu mai putea să se mişte cu aceeaşi agilitate pe care o avusese cu câteva decenii în urmă. Stomacul său imens îl împiedica în marea parte a timpului, dar învăţase să se descurce cu el. Nu i-ar fi convenit să renunţe la bere şi fripturi, şi, din păcate, tocmai asta îi prescrisese doctorul. Dietă şi ceva gimnastică. Ha! Ca şi cum ar începe să facă gimnastică la vârsta lui înaintată când nu a făcut la tinereţe.

Gus era furios şi dornic de o ceartă zdravănă. Lorna îi spusese că prietenul său, primarul, îl sunase şi-l chemase la el acasă imediat. Când a ajuns acolo, menajera l-a informat că primarul deja plecase cu familia sa să ia cina la un restaurant. Gus înjurase tot drumul spre casă.

Primarul, Stewart Black, locuia într-o fermă din afara perimetrului oraşului, iar drumul până acolo îi luase aproape jumătate de oră. Zilele când Gus conducea cu viteză, doar de dragul de a conduce maşina, se duseseră de mult. Pe atunci ar fi făcut drumul acela în jumătate de timp. Acum, niciodată nu depăşea 30-40 mile pe oră, aşa că i-a luat o jumătate de oră dus şi alta întors.

Uite aşa şi-a pierdut el o oră duminică seara când s-ar fi putut uita la filmul de la televizor sau, mai bine, la un meci de fotbal, dacă cotoroanţa i-ar fi permis-o.

Se întrebase de nenumărate ori cine purta pantalonii în casa lui. Niciodată nu-i surâsese răspunsul.

Abia aştepta să o vadă pe Lorna şi să-i spună să-şi scoată ceara din urechi. Dumnezeu ştie cine l-a sunat şi l-a invitat la el acasă.

Nu că ar mai fi contat oricum. El unul nu ar mai fi ieşit din casă pentru nimic în lume. Era aproape luni şi oricine are nevoie de o zi de odihnă. Slugărea destul în timpul săptămânii.

Gus trânti uşa de la intrare cu furie şi strigă:

-Lorna, unde naiba eşti femeie? M-ai trimis aiurea-n tramvai şi mi-am pierdut toată duminica din cauza ta. Vino-ncoa, Lorna. Vreau să-ţi vorbesc. *Luate-ar aghiuţă, muiere.*

Lorna nu-i răspunse şi Gus bodogăni pentru sine. *Mai mult decât infiptă muierea. Şi se mai şi gândeşte să mă ignore. Lua-o-ar Aghiuţă de cotoroanţă.*

Femeia aia a lui îl înnebunea de cap şi se jură că într-una din zile acelea o va face să plătească. *A naibii muiere care-si bagă nasul în oala tuturor. Dă din gură toată ziulica. Stoarce orice picătură de bucurie din viaţa omului,* mormăi în continuare pentru sine.

Viaţa cu Lorna fusese întotdeauna o corvoadă. L-a păcălit bine de tot şi a trebuit să o ia de nevastă.

Gus se gândea că viaţa lui conjugală era penitenţă pentru toate păcatele ce le-a comis vreodată. Cu siguranţă va merge în rai când va muri. Muierea îi era rea şi meschină, iar zilele lui au evoluat de la rău la mult mai rău în timpul ultimilor ani.

Se duse cu paşi greoi spre bucătărie, respirând cu dificultate. Lumina îl ademenea şi el pufăia din cauza furiei ce-i clocotea în piept. Se montase de unul singur şi bine de tot.

-Lorna, strigă din nou când intră în bucătărie, dar orice altceva ar fi vrut să mai spună îi îngheţă în gâtlej.

Corpul însângerat al Lornei arăta ca o pernuță de ace. Gus își pierdu cina cu promptitudine și nu știu cum să fugă mai repede afară din bucătărie să îl sune pe șerif.

CAPITOLUL 3 – UN DISPECER CU UN SENS AL UMORULUI MAI DEOSEBIT

Plictisită de moarte, Norma Jean tocmai își pilea unghiile când telefonul sună. Își aruncă părul roșu ca flama peste umărul stâng și se încruntă la telefon. Aruncă o privire la unghiile sale lungi și se gândi să lase telefonul să sune. Nu îi ardea să răspundă la apeluri în noaptea aceea și nu îi păsa nici dacă jumătate din ținut ieșise la vânătoare și se apucase de ucis.

-Nu ai de gând să răspunzi la telefon? ajutorul șerifului, Henderson, o întrebă din ușă, scuturându-și pălăria în același timp.

Grimasa de pe fața Normei Jean se adânci când își aruncă privirea spre silueta înaltă din dreptul ușii. Adjunctul șerifului nu era un bărbat de talie medie. Bărbatul avea aproape 1.90 m înălțime, în opinia ei, dar, în ciuda acelui fapt, ea nu l-a auzit când a intrat. Știa că e plecat într-una din turele pe care le făcea sistematic în jurul orașului. Acum, cu el acolo, trebuia să răspundă la păcătosul ăla de telefon.

Își flutură mâna în direcția adjunctului de șerif ca să îl facă să tacă și ridică receptorul cu o expresie întunecată în ochii săi verzi. Adjunctul şerifului îl compătimi pe cel ce a îndrăznit să sune la acea oră.

-Biroul Şerifului, mormăi femeia în receptor, iar apoi ascultă vocea disperată de la celălalt capăt al liniei.

Din când în când, ajutorul şerifului auzea o vorbă, două, dar nu reuşea să înţeleagă ce spunea apelantul.

-Şi cine ziceai că eşti? Norma Jean întrebă nepoliticos, iar adjunctul şerifului îşi scutură capul cu disperare.

Ştia el de ce Norma Jean era angajată acolo. Nu era angajată din cauza aptitudinilor sale de secretară sau din cauza atitudinii ei politicoase la telefon. Era cumnata şerifului şi aşa obţinuse slujba. Bineînţeles, nimeni altcineva nu ar fi angajat-o.

Înainte de a lucra în Biroul Şerifului, făcuse turul tuturor companiilor din ţinut, ori cel puţin aşa spunea lumea. Toată lumea ştia că nicăieri nu a putut să-şi păstreze slujba mai mult de trei zile. Fusese concediată mai des decât alţi oameni îşi schimbau cămăşile.

Acolo, în biroul şerifului, cumnatul ei închidea ochii la manierele ei neortodoxe şi nu era de mirare că pierduse sau rătăcise prin alte dosare toate plângerile depuse împotriva Normei Jean. Şi fuseseră destule. Chiar Chris Henderson fusese martor la depunerea unor plângeri.

Cu ceva timp în urmă, adjunctul şerifului se întrebase de ce oare şeriful nu era îngrijorat că nu ar mai fi fost ales din nou. Comportamenul lui faţă de alegători şi suportul pe care i-l acorda Normei Jean îl dădeau de gol.

Oricum, în urmă cu câteva luni, Chris a aflat de ce, atunci când trusa de viol pregătită în cazul lui Emily Logan a fost rătăcită. Desigur, după ce a fost pierdută pentru o vreme, degeaba a fost regăsită pentru că nu mai era utilizabilă în cazul unui proces. De aceea cazul nu a fost niciodată rezolvat.

Atunci Henderson a pus totul cap la cap: discuţiile private dintre şerif şi Lorna Carter, precum şi încrederea Şerifului Willow în victoria sa în cadrul viitoarelor alegeri.

Tânărul adjunct a fost măcinat de situaţia cu cazul Logan de când a văzut cum stăteau lucrurile. Ar fi vrut să facă ceva, dar nu ştia ce ar fi putut să facă.

-Aha… aha… Aş zice să mai laşi băutura şi să mergi la culcare, vocea Normai Jean răsună în încăpere, fiind urmată de trântirea receptorului în furcă.

Adjunctul de şerif, Henderson, se crispă şi se uită la ea cu ochii mari. A văzut şi a auzit el multe din lucrurile pe care Norma Jean le făcuse, dar niciodată nu tratase pe cineva cu atât de multă lipsă de consideraţie.

-Cine a fost la telefon? Henderson a întrebat-o după ce şi-a pus pălăria pe biroul său.

Norma Jean a fluturat din mână ca şi cum i-ar fi fost deja de-ajuns şi ar fi fost mult prea obosită şi plictisită de subiectul respectiv.

Totuşi, Henderson insistă cu o voce de oţel:

-Cine naiba a fost la telefon?

Norma Jean îi aruncă o privire furioasă, şi îl analiză ca şi cum l-ar fi vazut atunci pentru prima oară. Ochii ei îi trecură în revistă părul des, negru şi zburlit, ochii de un albastru închis, lăţimea pieptului şi coapsele puternice, iar inimioara ei bătu ceva mai tare.

Henderson era un bărbat înalt şi puternic, dar destul de blând şi comod. Vocea şi comportamentul lui din acea seară ieşeau din comun şi ceva, ca un sentiment nedesluşit, se agită în inima Normei Jean sau poate în altă parte a corpului ei.

-Doar un beţiv, replică ea scurt şi ridică din umeri.

-Mai exact cine? Henderson a întrebat-o din nou.

Norma Jean tremură uşor incitată, dar si nervoasă, când percepu nuanţa dură din vocea lui.

Parcă-i un afurisit de terrier cu un os în gură, se gândi ea şi începu să se enerveze.

-Gus Carter, replică printre dinţi.

Temperamentul ei incepea sa dea in clocot. Nimeni nu îi chestiona acţiunile în birou. Toţi ştiau cine era, şi ea ştia cum să folosească totul în avantajul său.

Henderson era un tip extrem de bine – chiar foarte sexi, dar asta nu îi dădea dreptul să o trateze astfel. Trebuia să îl înveţe ce şi cum.

-Gus Carter nu e un beţiv, Henderson observă cu aceeaşi voce de oţel, iar ochii i se îngustară.

-Toată lumea bea, micuţa şi rotunjoara dispeceră îi răspunse cu nonşalanţă. Chiar şi tu te poți îmbăta, remarcă ea și lumina i se reflectă în verdele ochilor când îi aruncă un surâs afectat.

-Poate, dar nu acesta este subiectul discuției. Omul ăla nu se îmbată. Niciodată, specifică el gesticulând abrupt. Bagă la cap, Norma Jean, el nu se îmbată niciodată. Ce ți-a spus, Norma Jean? o îmboldi el din nou să-i răspundă.

Henderson avea un presentiment neplăcut. Părul de pe brațe i se ridicase și simțea ceva similar anxietății.

Norma Jean își flutură mâna din nou și apoi admise:

-Ceva despre Lorna, cum că ar fi pe podea și că e sânge peste tot. Clar, omul a tras țapăn la măsea, remarcă ea. După un somn bun, își va reveni, continuă ea în obișnuita-i manieră insolentă.

-Ți-ai pierdut bruma de rațiune pe care o aveai? Henderson țipă. Adică cineva sună să anunțe o crimă și tu îl trimiți la culcare?

Vocea lui creștea în intensitate cu fiecare cuvânt spus și Norma Jean tresărea de fiecare dată când octava devenea mai ridicată.

-Nu te agita așa de tare, adjunctule, încercă ea să îi țină piept. Omul era pilit, nu încape nici o îndoială, îți spun eu. Nimeni nu ar îndrăzni să o atingă pe Lorna, crede-mă. Bărbatul sau femeia capabilă să facă așa ceva nu s-a născut încă, spuse ea, scuturând emfatic din cap.

Chris Henderson nu mai putu face altceva decât să-și scuture capul. Nu putea să își creadă ochilor. Femeia făcuse destule măgării în biroul acela, dar chestia aceasta era bomboana de pe colivă.

Era una să îi spună bătrânei Maggie să tacă şi să înghită când a sunat să se plângă de câinele vecinului, şi alta să trateze o crimă ca fiind inexistentă numai pentru că aşa i se năzărise ei. Aceasta depăşea simpla neglijenţă şi lenevia.

-Sună-l pe şerif imediat, strigă el la ea cu autoritate. Spune-i să vină la familia Carter acasă. Voi fi acolo, mai spuse el şi, luându-şi pălăria de pe masă, ieşi cu viteză din staţia şerifului, mormăind câteva cuvinte de dulce adresate Normei Jean.

-Călătorie sprâncenată, Norma Jean mormăi şi ea şi apoi îşi luă pila de unghii, gata să îşi continue manichiura.

Îşi admiră ungiile lungi şi rotunjite, şi apoi reîncepu să le pilească sârguincios. Era obligatoriu să înceapă noua săptămână cu o manichiură perfectă.

Spre necazul ei, zece minute mai târziu, telefonul sună din nou. Îi aruncă o privire încruntată, dar continuă să îşi pilească unghiile. Îşi imagină că se va opri după ce a sunat de vreo zece sau cincisprezece ori. Cu toate acestea nu s-a oprit, ci a continuat să sune.

Înfuriată, smulse receptorul din furcă şi ţipă cu iritare:

-Ce-i?

-Ţi-ai pierdut minţile? auzi vocea furioasă a şerifului. Aşa vorbeşti tu cu oamenii? urlă el indignat. Tocmai ce am vorbit cu Gus Carter la telefon. A spus că a sunat să anunţe că Lorna a fost ucisă şi tu i-ai spus să o lase mai moale cu băutura şi l-ai trimis la culcare. Ţi-ai pierdut complet bunul simţ? şeriful urlă din toţi rărunchii.

Strâmbându-se Norma Jean mută telefonul de la ureche. Ştia că auzul ei nu va mai fi acelaşi după acea conversaţie. Era o certitudine. Se întrebă ce albină l-a înţepat pe Kenneth.

-Kenneth, ascultă-mă… începu ea să spună, încercând să îl calmeze, dar fu întreruptă imediat de un alt urlet.

-Să ascult... vrei să ascult... aproape se bâlbâi el, incapabil să-şi găsească cuvintele pentru câteva secunde. Vrei să ascult ce spui tu? Eşti o muiere nebună, Norma Jean, ştiai asta? Acum ascultă tu aici. Dacă Lorna e moartă, slujba ta s-a dus. Nu-mi pasă ce zice soru-ta. Eşti terminată, urlă el din ce în ce mai tare.

Norma Jean făcu bot, dar nu renunţă.

-O să vezi că nu e moartă, îl asigură ea, iar vocea ei era plină de siguranţă.

-Asta spui tu, replică el. Dar Gus zice altfel, iar el ştie mai bine ce spune, Kenneth replică dispreţuitor. Unde e Henderson? întrebă el.

-S-a dus la Carteri, îi răspunse ea abia auzit.

Acum i se făcuse teamă.

-Cel puţin unul dintre voi are capul pe umeri, îi replică el. Am plecat şi eu la Carteri. De acum încolo, încearcă să răspunzi politicos la telefon dacă sună careva. Îti sunt numărate zilele în acest birou, mă auzi? urlă el din nou şi închise.

Senzaţia de bună stare a Normei Jean dispăru. Aruncă o privire la mâinile sale, dar nu mai putu să se bucure de unghiile sale strălucitoare.

Îl știa bine pe Kenneth. Era un nenorocit înțepat, iar dacă poziția îi era amenințată, pe ea ar fi aruncat-o la lupi mai întâi.

CAPITOLUL 4 – GUS CARTER E DEPARTE DE A FI BEAT

Chris Henderson a condus maşina spre casa familiei Carter pe cât de repede a putut, fără a pune luminile. Nu avea confirmarea unei urgenţe şi nu putea folosi luminile şi sirena doar din cauza unei bănuieli.

Era incă furios din cauza comportamentului Normei Jean. Tânăra femeie avea un chip plăcut care se potrivea cu trupul său generos, dar personalitatea ei sarcastică îl făcuse să păstreze distanţa şi să o evite ori de câte ori putea.

Când a ajuns în faţa casei Carterilor, luminile farurilor luminară corpul supraponderal al lui Gus Carter. Bărbatul era ghemuit pe treptele de la intrare, cu capul în mâini, pierdut în Dumnezeu ştie ce gânduri.

Când simţi lumina farurilor, Gus ridică capul şi privi spre maşina adjunctului de şerif. Pentru o clipă, păru să nu-şi dea seama de ce maşina se găsea pe aleea lui. Îşi trecu degetele prin părul ciufulit şi se ridică în picioare ca un om beat.

Henderson remarcă imediat că Gus se clătina şi ochii i se îngustară. Spera din toată inima că Norma Jean s-a înşelat şi Gus nu era beat. Ştia că până şi în ziua de apoi ar fi auzit că ea a avut dreptate şi ultimul lucru pe care şi-l dorea era să-i ofere femeii mai multă muniţie împotriva lui.

Gus începu să coboare scările cu paşi ezitanţi, tot ştergându-şi mâinile de pantaloni. Palmele îi erau umede. Îşi simţea picioarele de parcă erau de gelatină şi fiecare pas îi storcea din ce în ce mai multă energie.

Se întâlni cu adjunctul şerifului la baza scării impozante, care era accentuată de muşcatele aflate în ghivece de lut, aliniate de-a lungul celor două laturi ale scării. Încercă să-i zâmbească, dar grimasa de pe buzele sale îi aminti lui Chris Henderson de un Gargoyle pe care-l văzuse cândva într-un film de groază.

Henderson îi strânse mâna lui Gus şi imediat regretă gestul. Dezgustat, încercă să îşi şteargă mâna discret, dar era dificil să o facă fără să fie observat.

-Bună seara, Gus, îl salută pe bărbatul mai în vârstă cu o voce blândă. Ce s-a întâmplat? Înţeleg că ai sunat la Biroul Şerifului, spuse el amintindu-şi de conversaţia pe care o auzise mai devreme.

Cel puţin auzise contribuţia Normei Jean la conversaţie.

-Femeia aia... Gus începu să spună ceva şi se înnecă.

Îşi drese vocea zgmotos şi încercă din nou:
-Femeia aia...

Nu reuşea să împingă cuvintele de pe buze, deşi făcea eforturi.

-Care femeie, Gus? întrebă Chris Henderson şi se gândi să îl ajute să se aşeze înapoi pe scări.

Picioarele lui Gus tremurau violent acum şi Chris se temea că bărbatul se va prăbuşi. Îl cântări cu o privire îngrijorată. Îi era teamă că nu va fi suficient de puternic să susţină greutatea lui Gus dacă s-ar fi întâmplat să cadă.

Henderson nu era un bărbat pipernicit, dar Gus era mare ca un taur.

Gus se aşeză cu grijă pe ultima treaptă. Părea cumva mai bătrân decât înainte şi noi riduri îi liniau faţa cenuşie.

Analizând toate semnele, Chris era convins că ceva ieşit din comun se întâmplase în casa Carterilor. Mai mult de atât, adjunctul şerifului nu mirosise nici un fel de alcool în respiraţia bărbatului.

Gus îşi puse coatele pe genunchii ridicaţi şi se uită în sus spre Chris cu ochi obosiţi. Buzele groase îi tremurară şi îşi linse buza de jos cu nervozitate.

-Femeia aia, care lucrează acolo în biroul şerifului, a spus ca-s beat, Gus reuşi să spună într-un final, iar ochii îi fulgerară cu indignare.

Chris nu îi răspunse. Înţelegea că Gus se simţea ofensat, dar el nu îndrăznea să o vorbească de rău pe Norma Jean. Şi-ar fi putut pierde poziţia în biroul şerifului.

Îi plăcea slujba pe care o avea, chiar dacă nu ajunsese să facă chiar ce visase el odată. Şi, în plus, nu prea erau cine ştie ce slujbe disponibile în împrejurimi, iar şomajul nu îl atrăgea pe Chris.

-Deci ai vorbit cu Norma Jean, Chris spuse blând. Ştiu asta, Gus. Eram in birou când ai sunat. De ce ai sunat? Ce s-a întâmplat?

Gus îl privi de parcă brusc i-ar fi crescut coarne pe frunte. I se putea citi șocul și neîncrederea în ochi. Gus crezuse că adjunctul șerifului deja știa ce s-a întâmplat. Doar se deplasase la el acasă până la urmă.

-Lorna e moartă, replică el sec, prea obosit ca să mai intre în detalii din nou.

-Moartă? repetă adjunctul de șerif.

-A dat ortul popii, Gus dădu din cap și își linse buzele din nou.

Simțea nevoia să bea ceva. Probabil apă, dar nu ar fi refuzat nici un pahar generos de burbon. Își scutură capul cu regret. *Ar fi trebuit să mă gândesc la asta mai devreme. Cu băiatul ăsta aici, nu mă pot atinge de rezerva ascunsă. Dacă vrea și el?*

Fără să conștientizeze ce făcea își șterse palmele de genunchi din nou. Îi strălucea transpirația și pe frunte.

-Unde este? Chris întrebă, îndoind un genunchi pentru a-i vedea ochii lui Gus mai bine.

Gus arătă cu capul înspre casă.

-Acolo în bucătărie. E pe podea...

Buzele îi tremurară și își scutură capul.

-E atât de mult sânge...

Simți un nou val de greață și fu gata să vomite. Încercă să se abțină.

-Bine, răspunse Chris. Stai aici că merg eu să văd. Și șeriful trebuie să ajungă curând. I-am zis Normei Jean să îl cheme, aruncă el peste umăr înainte să urce scările.

Gus dădu din mână și spuse:

-L-am sunat eu. Chiar înainte să apari tu. Nu o las eu pe Norma Jean aia să mă calce în picioare așa uşor. Sunt mai presus de una ca ea, scutură el din cap cu îngâmfare.

Gus începuse să îşi revină cât de cât la normal. Acum, în faţa ochilor lui Chris, se regăsea bărbatul conştient de importanţa sa în societate.

Norma Jean încălcase un anumit hotar, iar Chris nu îşi făcea iluzii că Gus va lăsa povestea baltă. Oricum lui nu-i păsa. Norma Jean şi-a aşternut singură patul, aşa că trebuia să se descurce tot singură.

Chris urcă scările şi intră în casă. Gus lăsase uşa deschisă când a tulit-o afară în grabă. Adjunctul şerifului putea vedea dârele însângerate lăsate de picioarele lui Gus pe holul care ducea spre bucătărie.

Bărbatul avu grijă să nu atingă nici o urmă plantară de pe hol. Le evită cu atenţie în drumul său spre bucătărie. De-a lungul drumului, aruncă o privire ici colea. Nu pentru că era curios să vadă interiorul casei familiei Carter, chiar dacă nu fusese niciodată invitat în casa lor înainte. Dorea însă să se asigure că nu mai era altcineva înăuntru şi să vadă dacă existau indicii privind ce se întâmplase.

Lumina crudă de la lampa din tavan cădea pe corpul Lornei, care era răsturnat într-o baltă de sânge aproape coagulat. Femeia căzuse lângă masa de bucătărie, cu un picior uşor îndoit şi cu o mână încleştată la piept. Era întinsă pe spate şi lumina îi cădea drept pe faţă, accentuând nemilos fiecare rid şi defect. Expresia îi îngheţase într-o mască de uimire totală. Chris se gândi că, probabil, identitatea ucigaşului a şocat femeia.

Chris își dădu seama că nu era necesar să îi verifice pulsul. Gus fusese corect când a declarat-o moartă. Într-adevăr, Lorna dăduse ortul popii, nu era loc de îndoială.

Ochii îi fugiră spre rămășițele cinei lui Gus de pe podea și îi închise imediat. Părăsi bucătăria, ușor îngrețoșat și el.

Nu văzuse niciodată o crimă până atunci și nu își putea aminti să fi avut loc vreo crimă în ținut de-a lungul întregii sale vieți. În oraș, aveau de-a face cu bețivi, dispute domestice și ocazionalul furt. Nimic din cariera sa nu îl pregătise pentru crima aceea și se îndoia că șeriful ar fi fost mai potrivit sau pregătit să investigheze o crimă.

Adjunctul a ajuns la ușa din față imediat după ce a auzit scrâșnetul cauciucurilor mașinii șerifului frânând pe alee. Gus, care rămăsese în aceeași poziție în care îl lăsase, ridică brusc ochii, taman la timp pentru a-l vedea pe șerif ieșind din mașină.

-Henderson, ești deja aici, șeriful spuse punându-și mâinile pe șolduri. Asta e bine. Ai găsit ceva? îl întrebă pe Chris și un firicel de speranță tremură în vocea sa.

Henderson își imagină că șeriful ar fi fost fericit dacă nu ar fi avut probleme din cauza Normei Jean, dar din păcate lucrurile nu stăteau chiar așa cum spera el. *Acum ți-o iei tu, gură mare.* Cu toate acestea, și-a ascuns satisfacția și și-a prezentat raportul cu indiferență.

-Da, șerifule, am găsit ceva. Lorna Carter este jos pe podeaua din bucătărie. A fost înjunghiată de mai multe ori. Nu am atins cadavrul așa că nu îți pot spune exact de câte ori a fost înjunghiată.

O umbră trecu peste chipul şerifului şi acesta îşi lăsă capul să cadă. Se simţea ca strâns cu uşa. Nu că o iubea el pe Norma Jean prea mult. De fapt, nu o plăcea chiar deloc. Era ea o muiere bine facută, nimic de zis, dar era prea afurisită şi plină de sine.

Oricum soarta Normei Jean fusese deja decisă. Bineînţeles, ştia că viaţa lui conjugală urma să fie iadul pe pământ din acel moment, pentru că nevastă-sa avea un simţ de familie puternic şi îl va face să plătească până în ziua de apoi dacă nu o proteja pe surioara ei mai mică.

-Ce ai de gând să faci cu individa aia bună de nimic, Norma Jean? Gus întrebă, sărind jos de pe trepte şi devenind din ce în ce mai furios cu fiecare pas pe care-l făcea. M-a tratat de parcă aş fi fost un gunoi, ţipă el şi îşi scutură pumnul chiar sub nasul şerifului.

Chris îl analiză cu vădit interes, dar nu spuse absolut nimic. Gus părea mai interesat să obţină o retribuţie oarecare decât fusese în faptul că soţia lui fusese ucisă. Se pare că nu existase prea multă dragoste între cei doi soţi.

-Nu crezi că ar trebui să vedem mai întâi ce s-a întâmplat cu Lorna, Gus? şeriful îl întrebă cu sarcasm în voce. Nevastă-ta zace pe podeaua din bucătărie şi tu vrei satisfacţie din câte văd. Asta nu prea pare a fi în favoarea ta, continuă el.

Cuvintele lui erau în fapt săgeţi foarte bine ţintite şi atât Gus cât şi Chris au înţeles ameninţarea voalată din vorbele şerifului.

-Kenneth Willow, Gus exclamă, nu poţi crede că am avut ceva de-a face cu moartea Lornei.

Ochii lui Gus se rotunjiseră atât de mult că aproape îi ieșeau din orbite. Umezeala palmelor i se intensifică și și le șterse de cămașă lăsând o dâră umedă pe material. Mai mult decât atât, își mușca buza de jos incontrolabil.

Kenneth ridică indiferent din umeri, fericit că l-a făcut să uite de plângerea împotriva Normei Jean, apoi se întoarse spre Chris și spuse:

-Henderson, ai ce trebuie în mașină? De exemplu vopsea galbenă, trusă criminalistică, știi tu, lucrurile acelea necesare.

Chris se holbă la el surprins. Își scutură capul să-și revină din surpriză și îl întrebă:

-Nu ar trebui să-i chemăm pe agenții de la OSBI[1], șerif? Avem o crimă aici până la urmă.

Era mai mult ca sigur că nimeni angajat în biroul șerifului nu avea pregătirea necesară să ancheteze o crimă și, în primul rând, cu siguranță, nu șeriful. Omul nu era capabil nici să-și găsească propriul cap dacă ar fi trebuit să și-l caute.

-Nu avem nevoie de ei, îi replică Kenneth pe un ton dur, îndepărtând cuvintele lui Chris cu o fluturare a mâinii de parcă ar fi fost niște muște supărătoare. Ai trusa cu tine sau nu? lătră el.

Șerifului i se ridicase deja tensiunea în timpul confruntării cu Gus, iar chipul îi era ușor stacojiu. Sugestia lui Henderson nu făcuse decât să înrăutățească lucrurile.

Chris aprobă dând din cap cu ezitare și apoi se duse la mașină să aducă trusa. Se îndoia că șeriful știa ce face și nici măcar nu voia să se gândească la

____

[1] Oklahoma State Bureau of Investigation (Biroul de Investigații al Statului Oklahoma)

toate încurcăturile care urmau să apară. Decise să nu se lase implicat în nici un fel de dezastru ce ar fi putut avea loc pentru că, altfel, cariera i s-ar fi încheiat înainte de a fi avut şansa să înceapă.

Kenneth îl urmări cu ochi mici şi duri. Niciodată nu-i plăcuse acel Henderson. Bărbatul prea stătea să analizeze lucrurile profund şi părea să aibă prea mult bun simţ.

Acum că Lorna decedase, Henderson se găsea în poziţia perfectă pentru a-i lua locul. Gândul acela îi intensifică aversiunea pentru tânărul său subordonat.

CAPITOLUL 5 – O INVESTIGAȚIE CU ACCENTE DE VAUDEVILLE

Kenneth își începu investigația în forță. Marșălui în casă cu hotărâre, fără să dea nici un fel de atenție amprentelor însângerate ce marcau podeaua de lemn a holului.

Îmi curăț cizmele după ce termin. Sau mai bine, cred că o să-i cer Normei Jean s-o facă, doar mi-e datoare până la Dumnezeu.

Călcând apăsat, intră în bucătărie, cizmele sale călcând peste amprentele ce fuseseră lăsate în sânge.

Chris îl urmă, scuturându-și capul în același timp dezaprobator. Simțea o strângere de inimă ori de câte ori șeriful pășea peste una dintre amprente. Kenneth Willow îi amintea de un elefant lăsat liber într-un magazin de porțelanuri.

Oricine a văzut un episod din serialele CSI, nu avea importanță care dintre seriale, ar fi știut că nu era indicat să distrugi probele. Aparent, șeriful era departe de a fi un admirator al filmelor respective. Mult mai mult decât o indicaseră declarațiile sale anterioare, acțiunile lui la fața locului îi dovedeau aversiunea față de serialele acelea fără tăgadă.

Șeriful intră în bucătărie și se sprijini cu o mână de masă.

Numai Dumnezeu ştie ce amprente se găseau şi acolo, reflectă Chris şi din nou simţi aceeaşi strângere de inimă.

Îşi scutură capul, ca şi cum nu-şi putea crede ochilor, dar îşi ţinu gura închisă. Dacă şerifului îi trebuia mai multă funie ca să se spânzure, Chris nu era omul care să-l împiedice să o obţină. Până la urmă, nu era el şeful.

Kenneth se holbă la cadavru câteva minute şi o fascinaţie morbidă îi marcă trăsăturile. Tăcerea se prelungea şi Chris se întrebă ce vedea sau gândea şeriful, deşi avea propriile sale dubii în ceea ce privea puterea lui de a raţiona. Se îndoia că şeriful poseda o capacitate deosebită de analiză, indiferent pe ce scală i-ar fi fost măsurate aptitudinile analitice.

O muscă zbură prin faţa lui Kenneth şi îi perturbă meditaţia. Bărbatul se îndreptă şi îl şocă pe Chris când îi împunse piciorul Lornei puternic cu vârful cizmei.

Lucrurile păreau să fi scăpat bine din mână şi Chris nu mai putu să îşi ţină gura închisă. Acţiunile şerifului îl forţau să pună întrebări.

-Ce faci, şerifule?

Una era să contamineze evidenţa şi alta să înceapă să molesteze decedata cu piciorul.

-Mă asigur că e moartă şi nu se preface, Kenneth răspunse candid, neluându-şi ochii de pe cadavru.

Sprâncenele lui Chris urcară sus pe frunte.

-Mă îndoiesc că doamna Carter se preface, domnule, îl contrazise el pe şerif şi îşi scutură din nou capul pentru a da greutate cuvintelor sale.

Abia atunci își dădu seama că scuturatul din cap devenise un tic nervos pentru el ori de câte ori se găsea în apropierea șefului său.

-În nici un caz nu se preface, dacă te uiți la tot sângele din jur și la cuțitul ce se ițește din abdomenul ei, spuse el arătând spre femeia moartă.

-Atunci înseamnă că n-o cunoști pe Lorna, Kenneth îl concedie efectiv cu o mișcare a mâinii.

Mucosul! Crede el că știe tot ce e de știut despre viață, dar nu are nici cea mai mică idee de ce se întâmplă în fața ochilor săi, reflectă șeriful.

-Femeia asta e capabilă de absolut orice, Henderson. Nici nu-ți imaginezi cât de departe ar merge cotoroanța numai ca să distrugă pe careva.

-Să distrugă pe careva? Chris repetă neîncrezător, iar chipul lui reflecta gândurile sale. Fără îndoială, șeriful își pierduse mințile.

-Da, ar face-o dacă ar vrea ca cineva anume să fie condamnat pentru moartea ei, Ken îl asigură încrezător în propriul raționament.

Clar, orice brumă de judecată pe care-o mai avea i s-a dus pe copcă și încă de ceva vreme, se gândi adjunctul de șerif.

I-ar fi plăcut să-și poată ține gândurile numai pentru sine, dar parcă ceva îl împungea de la spate.

-Nu cred că i-ar place să fie moartă doar pentru a *distruge* pe careva, punctă el, iar sarcasmul îi răsună în voce.

Șeriful avea multe defecte, dar avea un auz bun, așa că nu-i scăpă sarcasmul din vocea adjunctului său. Se întoarse spre el cu ochi duri. Își strânse buzele într-o linie severă şi îl privi câteva momente.

-Nu-ţi bate căpşorul prea tare, puştiule, spuse el caustic în final.

Adjunctul şerifului deveni stacojiu de furie. Era într-adevăr mai tânăr decât şeriful, dar asta nu însemna că era un ţânc fără nici un fel de experienţă. Şi oricum, nu era ca şi cum nu era evident pentru toată lumea că nu mai exista nici măcar un strop de viaţă în corpul Lornei.

În afară de aceasta, analiza şerifului era la fel de plină de găuri ca o sită. Pretinzând că eşti mort nu însemna că automat cineva ar fi fost condamnat de crimă.

-Hai să ne uităm în jur şi să adunăm probele. Am risipit destul timp deja şi vreau să mai şi dorm în noaptea asta. Tu începe cu cadavrul, şeriful îi ordonă ajutorului de şerif.

-Cu cadavrul? Chris întrebă şocat şi îşi puse mâinile pe şolduri.

-Ai ceară în urechi, băiete? Kenneth lătră. Da, cu cadavrul, repetă el, iar tonul vocii sale nu mai lăsa loc la nici un alt fel de argument.

Nu că asta l-ar fi oprit vreodată pe Chris.

-Nu ar trebui să chemăm un medic legist înainte de a atinge cadavrul? Chris îndrăzni să întrebe.

El văzuse absolut toate episoadele din seriile CSI. Nu era genul care să aibă o anumită preferinţă pentru unul anume. De aceea, ştia ce vorbeşte pentru că învăţase destul din filmele acelea. Nu-şi pierduse doar timpul în faţa televizorului.

Chris visa să-şi facă o carieră din aplicarea legii, iar faptul că era doar adjunct de şerif în acel moment reprezenta numai primul pas în direcţia aceea.

Şeriful se uită la el de parcă ar fi crezut că adjunctul pierduse contactul cu realitatea.

-Pentru ce?

-Este posibil să fie anumite urme pe cadavru, care ar ajuta la anchetarea crimei, şi numai un medic legist poate să se ocupe de acele urme, adjunctul şerifului replică cu emfază.

Chris ştia că observaţia sa va alimenta furia şerifului, dar nu mai avea timp să folosească alte mijloace diplomatice.

-Este posibil să fie anumite urme pe cadavru, care ar ajuta la anchetarea crimei, şi numai un medic legist poate să se ocupe de acele urme, şeriful îi parodie cuvintele.

Apoi îi spuse cu superioritate:

-Chiar crezi că un medic legist ar fi mai deştept decât noi?

Şeriful se felicită că a construit întrebarea destul de inteligent, având grijă să-i gâdile mândria lui Chris. Nici un bărbat nu ar fi admis că exista altcineva mai deştept decât el.

-În ceea ce priveşte chestia asta, Chris spuse arătând spre cadavru, mult, mult mai deştept.

Răspunsul său distruse aşteptările şerifului şi omul scrâşni din dinţi, încercând să-şi păstreze controlul şi să-şi înăbuşe pornirea de a-l pocni pe mucos peste cap. Era adevărat că impulsul era din ce în ce mai puternic, dar nu dădea bine să-ţi pleznești subordonaţii.

-Poate mai deştept faţă de tine, replică el acru. Acum apucă-te şi adună blestemata asta de evidenţă, explodă el, pierzându-şi cumpătul, şi aruncând o pungă de plastic către ajutorul de şerif.

-Ce vrei să pun în punga asta? Chris întrebă pe o voce încăpăţânată.

Acum era decis să continue cu discuţia un pic mai mult, până ce şeriful şi-ar fi ieşit din pepeni. Oricum, nu era ca şi cum intenţiona să colecteze evidenţa.

Şeriful putea să se ducă foarte bine învârtindu-se, şi încă însoţit de urările de rigoare din partea lui Chris. Adjunctul şerifului nu îndrăznea să distrugă ancheta unei crime cu acţiuni idioate. Viitorul său ar fi fost pur şi simplu obliterat în acelaşi timp.

-Cuţitul ăla de exemplu, Kenneth spuse printre dinţi, iar vocea lui crispată indica atât nerăbdarea cât şi furia sa.

-Am nevoie de mănuşi, adjunctul spuse pe un ton încăpăţânat, doar ca să îl facă pe şerif să dea în clocot.

Nu îşi putea explica ce îl împingea să se comporte astfel, dar, de data aceasta, impulsul de a-l zgândări pe şerif era mult mai puternic decât prudenţa sa obişnuită. Mai mult de atat, îi plăcea la nebunie să vadă cum chipul şerifului se întuneca din ce în ce mai mult la fiecare replică a sa. Plus că şeriful deja scrâşnea din dinţi cu înverşunare.

-Pentru ce? Ken lătră cu exasperare. Ţi s-a topit creierul şi s-a făcut mămăligă de când te tot uiţi la tâmpeniile alea de seriale, CSI, de care tot vorbeşti. Băiete, ăla e film. Asta e realitatea, spuse el arătând cu degetul către cadavrul de pe podea. Acum pune nenorocitul ăla de cuțit în pungă și sigilează punga, urlă el, pierzându-și cumpătul.

Fața i se făcuse roșie ca focul și tensiunea îi sări în sus din nou.

Adjunctul se uită la el pieziș și îi spuse:

-Știi ceva, șerifule, dacă vrei cuțitul ăla în pungă, atunci bagă-l tu. Oi fi eu mai tânăr decât tine cu aproximativ douăzeci de ani, dar nu am venit cu pluta alaltăieri. Cât de prost crezi că sunt? Chiar îți imaginezi că îmi voi pune amprentele pe cuțitul ăla?

-Ceeee? Kenneth explodă.

Omul nu-și crezu urechilor. Mucosul îi refuzase un ordin direct și asta era de neacceptat, indiferent de regulamente.

Chris se întoarse să părăseasca bucătăria și aruncă peste umăr:

-Apropo, știi, mă întreb de ce oare ai insistat să ating eu cuțitul ăla și de ce nu vrei medicul legist aici. Ceva nu miroase a bine aici, dacă mă întrebi pe mine, concluzionă el bătându-și degetul arătător peste nas.

Apoi, părăsi bucătăria repede, chiar dacă era construit ca un fundaș și putea face față unei altercații fizice.

Kenneth privi după el șocat, ochii ieșindu-i din orbite.

-Nu te-am intrebat pe tine, auzi... auzi... Ești concediat, m-ai auzit? țipă el din toți rărunchii, ceea ce îl ademeni pe Gus în bucătărie.

-Ce naiba se petrece aici, Ken? îl intrebă el pe șerif.

-Puştanul ăla mucos, Kenneth mormăi şi lovi zidul cu pumnul.

Când pumnul intră în contact cu zidul şi durerea i se înregistră în creier, se strâmbă şi şuieră printre dinţii strânşi.

-Ce-i cu el? Vorbeşte omule mai clar, că nu te pricep, Gus îl îmboldi cu nerăbdare.

În acelaşi timp, se uită la zid cu neplăcere – pumnul şerifului lăsase o gaură destul de mare în perete. Deja ideea de a-i cere să plătească pentru reparaţii prinsese contur în mintea lui.

-A văzut filmele alea cu CSI şi se crede mare expert. Vrea să chem medicul legist şi să port mănuşi, Kenneth se plânse cu voce tare de data aceasta, dar Gus îl întrerupse.

-Vrei să zici că nu ai chemat deja medicul legist? Şi că nu porţi mănuşi? Ce naiba ai în minte, Ken? Rumeguş? Vrei să-ţi baţi joc de ancheta asta sau ce? Este inacceptabil, mă auzi? strigă el ultragiat din toţi rărunchii.

-Ce vrei să zici? Kenneth îl întrebă suspicios.

-Cheamă nenorocitul ăla de medic legist, omule, Gus strigă din nou, deja ieşit din minţi.

Acea seară de duminică devenea din ce în ce mai proastă pentru el şi deja avusese de trecut prin destule până atunci.

-Dacă nu o faci, voi avea grijă să fie OSBI chemat, ameninţă el. I-am zis blestematei ăleia de muieri că nu ai stofă de şerif, zise el scrâşnind din dinţi şi scuturându-şi deznădăjduit capul. Tu eşti bun numai să intimidezi lumea, Kenneth Willow, dar nu ai creierul necesar pentru slujba asta, punctă el şi unul dintre degetele sale groase îl împunse pe Ken în piept.

Faţa lui Ken deveni violet. Nimeni nu-i vorbise în acest fel vreodată, dar în special de când devenise şeriful acelui oraş prăpădit uitat de Dumnezeu. El reprezenta legea în acel oraş şi oamenii se temeau de el.

-Cred că te voi aresta pe tine, Gus, Ken îşi regăsi vocea şi îndepărtă degetul lui Gus de la pieptul lui. Eşti cel mai bun suspect pe care îl am, concluzionă el cu convingere, decis să-l intimideze pe Gus aşa cum şi Gus încercase să-l intimideze pe el.

-Oh, acum ai şi o listă de suspecţi, replică Gus cu ironie groasă. Nu-ţi stresa creieraşul prea mult, Kenneth, spuse el râzând fără veselie. Numai dă-mi voie să-mi sun avocatul, şerifule. Sunt sigur că el va ştii să se ocupe de tine aşa cum trebuie, mai adăugă el şi luă receptorul de la telefonul montat pe perete.

CAPITOLUL 6 – OSBI VINE LA LOCUL CRIMEI

În mai puțin de o oră, Strada Orhideelor văzu mai multă activitate decât văzuse într-un an întreg. Agenții OSBI sosiră în două mașini, urmate de medicul legist și de furgoneta morgii ținutului. O altă mașină îi aduse pe experții criminaliști pe care Kenneth îi ura atât de mult.

Ochii i se micșorară când îi văzu coborând din mașini, iar mâinile, pe care le avea pe șold, i se încleștară în pumni.

Kenneth se găsea lângă scara opulentă din fața casei familiei Carter. Nu se mișcă defel, dar ochii săi supravegheau absolut totul. Mintea îi fusese în continuă mișcare de când Henderson refuzase să îl ajute în colectarea evidenței și Gus insistase ca adjunctul șerifului să rămână la fața locului.

Aparent, Gus nu avea încredere în Kenneth și se temea că va altera dovezile. Cu toate acestea, Kenneth nu-și văzuse adjunctul de când acesta părăsise bucătăria. Spera că omul s-a dus înapoi la stația șerifului.

Șeriful îl detesta pe Chris Henderson pentru că refuzase să îi urmeze ordinele și, mai mult decât atât, pentru că îl numise idiot. În ciuda acestor fapte, șeriful îl ura pe Gus și mai mult.

O oră mai devreme, sub ochii uimiți ai lui Kenneth, Gus și-a sunat avocatul și i-a explicat situația. Se vedea cu ochiul liber că simțea o mare plăcere atunci când a descris ideea lui Ken privind investigația criminală și când i-a explicat avocatului ce harababură a făcut șeriful din anchetă.

George Hamilton, avocatul lui Gus, era un șacal faimos și avea legături în sfere înalte. Acesta imediat l-a contactat pe procurorul districtual care a chemat OSBI la fața locului pentru a prelua ancheta morții violente a Lornei.

Și așa, ca și cum nici nu ar fi fost, ora de glorie a lui Kenneth dispăru în neant. Se și văzuse devenind cel mai faimos investigator din stat. Gândindu-se la oportunitatea pierdută, pumnii i se strânseră și mai tare, iar dinții i se încleștară.

Un bărbat de vreo treizeci de ani părăsi grupul de oameni adunați lângă mașinile parcate în stradă și veni spre Kenneth. Șeriful îi evaluă îmbrăcămintea și se strâmbă. Era același costum ieftin purtat în mod obișnuit de către toți agenții speciali, indiferent de agenția pentru care lucrau.

Ken simți gustul amărui de bilă în gură. Și el avusese fantezia de a deveni agent special cândva în trecut, dar nu reușise. Nu trecuse primul test și apoi nu a mai îndrăznit să încerce din nou.

Nevastă-sa i-a spus, chiar foarte grosolan, că nu avea stofă de agent special și că mai bine și-ar găsi ceva de făcut în orășelul lor ascuns de lume. Asta a și făcut până la urmă.

-Sunt Agentul Special Asistent Responsabil, Morgan Mackinnon, bărbatul se prezentă politicos şi îi întinse mâna şerifului.

Kenneth pretinse a nu vedea mâna întinsă spre el. Era un gest meschin, dar, în seara aceea, orice gând rezonabil îi dispăruse din minte.

Îl măsură pe agent din ochi cu neplăcere. *Agentule Special Asistent Responsabil, ţi-aş arăta eu cât de special eşti.*

Cu toate acestea, mai avea încă destulă luciditate să nu-şi exprime gândurile cu voce tare, chiar dacă îi repugna părul des şaten închis al agentului, precum şi înălţimea lui. Bărbatul avea absolut tot ce-i lipsea lui Ken.

-Agent, spuse el, cu o înclinare scurtă a capului, semn că a luat la cunoştinţă care era poziţia bărbatului.

Agentul special era mult mai tânăr decât el şi de aceea nu considera că i se cuvine mai mult respect decât bruma pe care i-o arătase.

Chelia lui Ken luci în lumina farurilor. Îşi uitase pălăria pe masa din bucătăria Carterilor unde o aruncase în timp ce planifica investigaţia secolului.

Mackinnon asemănă capul şerifului cu o bilă de popice şi un surâs subtil îi flutură pe chip câteva secunde. Şeriful îi observă surâsul şi buzele i se subţiară.

Mackinnon îl evaluă pe Kenneth Willow cu ochi reci. Ştia că omul fusese şeriful oraşului timp de aproximativ zece ani.

Agentul chestionă înţelepciunea realegerii lui Ken. Procurorul îi spusese deja ce se întâmplase în casa victimei înainte ca OSBI să fi fost chemat. Investigatorul nu putea decide dacă şeriful era pur şi simplu tâmpit or chiar încercase să acopere o crimă.

-Înţeleg că ai o crimă pe cap, şerifule, agentul spuse fără a arăta în nici un fel că remarcase măgăria lui Ken.

Îşi băgase mâinile în buzunarele de la pantaloni şi stătea în faţa şerifului plin de încredere în sine, iar atitudinea lui îl călca pe şerif pe nervi.

-Pe cap? Ken abia reuşi să îngaime. Ce vrei să spui? Doar nu îl crezi pe idiotul ăla bătrân, nu-i aşa? întrebă el şi, deşi încercă să se controleze, mâinile îi tremurară şi genunchii i se înmuiară.

-Să-l cred pe bătrânul ăla nebun? repetă Mackinnon neînţelegând la ce se referea şeriful.

Sprânceana sa dreaptă i se ridică întrebător pe frunte.

-Gus, Ken se grăbi să spună, dând din mâini şi arătând ca o pasăre mare de pradă. Ştiu că i-a zis avocatului ăluia al lui că eu am ucis-o pe Lorna.

Indignarea lui Ken Willow părea genuină, dar, cu toate acestea, Mackinnon nu se gândea să taie pe nimeni prematur de pe lista de suspecţi posibili.

-Oh, înţeleg acum, spuse agentul cu blândeţe. Ei nu, nu vorbeam desprea asta. Spuneam doar că ai o crimă în propria-ţi bătătură, adică aici, în oraşul tău, îi explică el, gesticulând cu mâna dreaptă, indicând spre străzile din împrejurimi.

Ken îşi şterse fruntea asudată cu o mână grăsună. Agentul deja observase că amândoi, şi şeriful şi Gus, împărtăşeau unele trăsături asemănătoare, şi, din întâmplare, cele mai neplăcute, cum erau burtoiul de bere şi un simţ al superiorităţii prost plasat, care depăşea cu mult bunul simţ.

-Ei bine, poate îmi poţi spune cam ce ai descoperit şi cum ai condus investigaţia, sugeră agentul.

După aceea, aruncă o privire spre dreapta unde oamenii săi apărură în raza sa vizuală. Trei agenţi şi medicul legist li se alăturară.

-Iar eu aş vrea să ştiu cine a atins cadavrul, spuse medicul legist pe un ton dur, privindu-l pe Ken fix.

Medicul auzise deja că scena fusese deranjată şi că cineva a contaminat corpul decedatei.

-Cine a atins corpul? a întrebat el din nou şi inima lui Ken se strânse presimţind că ceva rău i se va întâmpla.

Medicul legist era un om în vârstă, dar de o autoritate incontestabilă. Ken nu se descurca prea bine cu oameni ca el pentru că ştia că nu-i putea intimida şi nu-i putea face să i se supună. În consecinţă, se temea de ei şi, în acelaşi timp, îi detesta.

-Nu ştiu, spuse el într-o voce uşor tremurătoare. Este... este posibil... probabil, i-am atins un picior, se bâlbâi el, neştiind cum să mărturisească faptul că a atins cadavrul cu cizma.

-O să aflu oricum, medicul legist replică sigur pe el, iar Ken deveni stacojiu la faţă. Tu ai atins corpul cu siguranţă, medicul legist concluzionă.

Vinovăţia se citea clar pe faţa şerifului.

-Am vrut doar să mă asigur că era moartă, Ken admise, iar ceilalți se încruntară când îi auziră cuvintele.

-Înțeleg că femeia a fost înjunghiată de mai multe ori, Mackinnon își exprimă uimirea.

-Da, a fost, dar..

-Ai văzut-o respirând? îl întrebă un alt agent.

-Nu, dar...

-Fii mai clar omule, doctorul își pierdu răbdarea. Dacă a fost înjunghiată de mai multe ori și nu ai văzut-o respirând, ce te-a făcut să verifici dacă este încă în viață?

-Era posibil să se prefacă, șeriful admise aproape țipând, iar replica lui îi șocă pe toți.

Explicația omului era complet ieșită din comun. Mackinnon, cel puțin, nu auzise niciodată nimic asemănător și, considerând expresia de pe chipul său, nici medicul legist.

-Spune adevărul, interveni Chris Henderson și toți se întoarseră spre el cu expresii împietrite.

Șeriful îi aruncă o privire neagră. Crezuse că Henderson plecase, în ciuda faptului că Gus insistase să rămână. Nu-l voia pe adjunctul său acolo.

-Vorbești serios? îl întrebă una dintre tinerele agente, deși ochii ei bine rotunjiți cercetau nu numai chipul adjunctului de șerif. Și pieptul lui larg îi atrăgea atenția la fel de mult.

-Asta-i ce mi-a spus mie atunci. Așa că nu cred că minte în legătură cu intențiile sale, Chris replică ridicând din umeri.

Ți-aș mulțumi dacă nu ai încerca să mă ajuți, șeriful gândi cu amărăciune. Apoi spuse:

-Da, de aceea am atins cadavrul. Aşa, numai cu vârful cizmei, spuse el, şi abia apoi îşi dădu seama că a făcut o greşeală mărturisindu-şi fapta.

Oroarea de pe feţele agenţilor era uşor de observat. Mackinnon îşi scutură capul ca şi cum ar fi vrut să şi-l limpezească. Irealul nopţii era copleşitor.

Avuseseră destule cazuri oribile de rezolvat în trecut, dar cel puţin nu avuseseră de-a face cu oameni ca acel şerif.

-Vrei să spui că ai împuns cadavrul cu cizma pentru că ai crezut că femeia pretindea a fi moartă, spuse agentul rar, ca pentru a înţelege confesiunea şerifului.

Observă că şi ceilalţi îşi scuturau capul. Aparent, nu era el singurul căruia i se părea că ce făcuse şeriful era absurd.

-Da, replică Ken. Ştiu eu ce credeţi voi, strigă el acum, iar chipul i se înroşi şi mai mult.

Se simţea ridicol, deşi era convins că el era cel care avea dreptate.

-Voi nu o ştiţi pe Lorna Carter. Eu o ştiu, continuă el.

-Presupun că Lorna Carter este victima, îl întrerupse Mackinnon.

-Exact, Ken aproape scuipă cuvântul, furios că a fost întrerupt. Ea ar fi fost perfect capabilă să-şi falsifice moartea dacă dorea ca cineva anume să fie condamnat de crimă. Era o femeie dură.

-Dar raţionamentul tău este eronat, şerifule, Chris Henderson îl interpelă.

Şeriful simţi impulsul să-l apuce de gât şi să-l sugrume. Acel Henderson devenise o adevărată durere de cap, iar Ken blestemă ziua în care l-a angajat.

-Pentru ca cineva să fi fost condamnat, ar fi trebuit ca Lorna să ramână moartă, să fie autopsiată și îngropată, adjunctul său punctă fiecare articol pe degete. Nici măcar Lorna nu ar fi mers atât de departe.

Adjunctul avu satisfacția de a-i vedea ochii șerifului bulbucându-se din nou. În fapt, acela și fusese scopul lui, în parte.

Henderson era o persoană cumsecade, dar nu accepta să fie preș de șters picioarele pentru nimeni. Era mai mult decât capabil să răspundă la anumite insulte și provocări.

Ken Willow înghiți cu greutate. Analiza lui nu mersese atât de departe, iar acum se simțea ca Joe, nebunul orașului, de care mai toți copiii din oraș făceau haz. Umerii îi căzură și avea postura unui om învins. O venă îi pulsa la tâmplă, gata să explodeze. Vederea îi era încețoșată, iar mâinile îi tremurau.

Șeriful mai găsi puterea de a ocoli grupul de agenți speciali și, cu picioarele țepene, o porni spre mașina sa. În drumul său, aruncă peste umăr:

-Henderson vă va ajuta. Știe cum stau lucrurile. Voi fi in birou mâine.

Grupul de investigatori priviră după silueta care se retrăgea până ce șeriful intră în mașină. Apoi se îndreptară spre casă, Henderson arătându-le drumul.

CAPITOLUL 7 – NU ARE SENS SĂ PLÂNGI DUPĂ LAPTELE VĂRSAT

-Sunt amprente mânjite cu sânge pe hol, până la bucătărie, Chris le explică anchetatorilor, în timp ce îi conducea în sus pe scări spre uşa de la intrare. Nu ştiu cât de folositoare mai sunt acum, din păcate, continuă el şi îşi scutură capul cu regret. Şeriful a călcat peste ele, mă tem. Oricum, nu se mai poate face nimic acum.

-Deci tu eşti adjunctul şerifului, înţeleg, spuse Mackinnon şi îl evaluă pe tânărul bărbat cu o privire cercetătoare.

Observase deja cât de dornic era Chris Henderson să-i ajute. De asemenea, agentul aprecia neaşteptata înţelepciune a tânărului în ceea ce privea conservarea locului crimei. Considerând maniera în care şeriful abordase problema, adjunctul său merita să fie decorat.

Mackinnon îşi imagină că nu avuseseră parte de o astfel de crimă în acel orăşel de câteva generaţii. Oricum, aceea nu era o scuză pentru comportamentul şerifului, deşi cumva explica ce se întâmplase.

-Oh, da, răspunse Chris şi se înroşi când îşi dădu seama că agentul îl analiza.

De altfel, se afla în compania idolilor săi şi, mai mult de atât, aceştia îi vorbeau. Inima îi crescu de bucurie. Nu se aşteptase ca agenţii să-i dea atenţie.

Până la urmă, să o spună pe-a dreaptă, nu avea experienţă şi nu fusese şcolit în astfel de investigaţii. Era numai un biet adjunct de şerif într-un orăşel pierdut undeva pe hartă.

Şi cu toate acestea, surprinzător, agenţii îl tratau ca pe un egal şi îi puneau o mulţime de întrebări de tot soiul. Inima îi pleznea de mândrie. Nu era de mirare că îşi uitase propriul nume.

-Am uitat să mă prezint, spuse el brusc şi întinse mâna către Mackinnon. Mă numesc Chris Henderson.

Mackinnon îi strânse mâna şi îi zâmbi subţire adjuntului de şerif.

Oh, Doamne, nu altul, îşi spuse. Îi recunoştea pe aşa zişii fani de departe şi, de obicei, îi evita. De data aceasta însă, nu mai avea unde să se ascundă. Era prins acolo de investigaţie şi îl avea pe neexperimentatul adjunct al şerifului alături de el.

-Deci ai fost deja la locul crimei, observă agentul, încercând să direcţioneze discuţia înapoi la caz.

-Da, am fost primul care a ajuns aici. Am venit după ce domnul Carter a sunat la birou să anunţe crima, a răspuns Chris imediat. Norma Jean i-a răspuns la apel. Norma Jean este dispecerita, adăugă el aproape fără să respire.

Se opri când îşi dădu seama că era prea agitat şi surescitat. Nu era de altfel necesar să o menţioneze pe Norma Jean în conversaţie. Nu era un fapt pertinent, relevant pentru anchetă.

-Atunci ne poți spune ce s-a schimbat la locul crimei din momentul în care ai sosit și până acum, observă cealaltă femeie agent.

Chris îi aruncă o privire rapidă, politicoasă, dar apoi întoarse din nou capul brusc spre ea. Ochii săi mari se opriră pe sânii ei generoși și, fără să-și dea seama, bărbatul își linse buza inferioară.

Mackinnon își drese glasul și Chris se întoarse spre el cu aerul că a fost prins făcând ceva indecent. O ușoară roșeață îi coloră obrajii și vârful urechilor, iar agentul consideră că acea roșeață spunea multe despre tânărul adjunct de șerif.

-Cred că da, Chris își regăsi vocea, dupa ce și-o drese de câteva ori. Dacă șeriful nu a făcut nimic altceva după ce am plecat eu din bucătărie, vreau să spun, specifică el.

Nu dorea să-i inducă pe agenți în eroare.

-Vom afla curând, Mackinnon observă pe un ton jovial pentru a-l face pe Chris să se simtă mai în largul lui, iar apoi îl bătu pe umăr.

Văzuse unde se opriseră ochii adjuntului de șerif, dar trebuia să admită că tânărul bărbat avea un motiv valid, chiar dacă nu era un motiv prea politicos.

Agenta specială Kate Williams era cu adevărat înzestrată de natură în anumite privințe, iar bărbații aveau nevoie de puțin timp pentru a putea reacționa normal în fața ei. Lui Mackinnon chiar nu îi surâsese deloc să o aibă în echipa lui când a fost transferată. Considerase că va fi o distracție constantă, chiar și pentru el, cel puțin la început. Mulțumea lui Dumnezeu că a trecut peste acea perioadă destul de rapid.

Înainte de a intra în casă, agenții își acoperiră încălțămintea și Mackinnon îi făcu semn lui Henderson să le urmeze exemplul.

Kate Williams începu să facă poze cu camera digitală pe care o adusese cu ea din mașină. Femeia fotografia cu grijă fiecare detaliu al casei.

Cealaltă femeie investigator, al cărei nume Chris Henderson nu-l aflase încă, începu să se ocupe de sângele mânjit pe podelele de lemn. Colecționa eșantioane și, în același timp, plasa semne cu numere lângă fiecare amprentă. Astfel, Kate putea înregistra totul mai apoi cu camera sa digitală.

-Am auzit că Lorna Carter ținea o casă curată, Henderson afirmă din senin, fără a se adresa cuiva anume. Cred că acest lucru vă va ajuta cu amprentele și alte probe. Când a plecat din biserică azi la amiază, am auzit-o vorbind cu prietena ei cea mai bună. Îi spunea că tocmai ce-a curățit casa cu o zi înainte până ce aproape a leșinat, deși nu prea știu ce vrea să însemne asta... spuse el gânditor, înclinându-și capul.

Apoi dădu din umeri, ca și cum nu i-ar mai fi păsat ce vrusese femeia să spună.

-Oricum, cred că asta înseamnă că s-a făcut temeinic curat în casă ieri dupa masă, continuă el.

Știa că bate câmpii, dar cu toate acestea nu se putea opri. Se întrebă dacă îl asculta careva, și stângăcia i se reflectă în voce.

Cu o urmă de zâmbet în colțul gurii, Mackinnon îl bătu prietenește pe umăr din nou și spuse:

-Va ajuta, ai dreptate. Hai, să vedem cadavrul acum, îl invită el pe Chris să le arate drumul.

Chris intră în bucătărie înaintea lor şi se uită în jur cu atenţie.

-Cred că totul e la fel. Vreau să spun că atunci când am plecat de aici, bucătăria arăta cam la fel ca acum. Eu nu am atins nimic în această încăpere, dar şeriful s-a sprijinit acolo pe masa de bucătărie, arătă el locul unde mâna lui Ken a atins suprafaţa mesei. Bănuiesc că Gus a atins telefonul de pe perete de acolo, atunci când şi-a sunat avocatul. Desigur, nu ştiu dacă şeriful a călcat în sângele de lângă cadavru, dar este posibil, admise el. Oh, da, şi peretele acela nu arăta aşa. Acum arată ca şi cum cineva a dat cu pumnul în el... Probabil şeriful, presupuse el. Nu îl văd pe Gus făcând aşa ceva. În mod normal, Gus e un om calm.

Încruntarea de pe chipul lui Henderson se adânci când încercă să îşi aducă aminte alte lucruri. Omul observă că agenţii începuseră să facă altceva şi se îndoi că l-ar fi auzit chiar dacă ar fi vorbit.

Medicul legist se uita lung la cadavru, încruntat, cu sprâncenele adunate la rădăcina nasului. Stătea cu picioarele răşchirate şi mâinile pe şolduri. Îşi ronţăia buza inferioară şi părea dus pe gânduri.

-Ceva în neregulă, Doc? Mackinnon veni lângă doctor şi îl întrebă când îi remarcă preocuparea.

Medicul legist îşi scutură capul.

-Pur şi simplu nu pricep cum omul ăla a putut crede că femeia asta doar pretindea că este moartă. Orice fiinţă raţională ar fi văzut imediat că e decedată. Uită-te la ea! Uită-te de câte ori a fost lovită cu cuțitul, spuse el arătând spre cadavru.

Într-adevăr, corpul femeii fusese înjunghiat de mai multe ori.

-Nimeni nu ar fi supraviețuit cu astfel de răni, Morgan. Lama cu siguranță a lovit direct inima aici, arătă el spre o tăietură oribilă. Și cum de nu a văzut cuțitul ce-i iese din abdomen, e dincolo de înțelegerea mea, își scutură el capul complet șocat.

-Înțeleg ce vrei să spui, agentul replică dând din cap. Dar știi și tu că uneori nu există explicații pentru ce gândesc și cum reacționează oamenii, Mick, nu-i așa?

Mick, medicul legist, aprobă. De-a lungul anilor, dăduseră peste destui lunatici. Și totuși, nu s-ar fi așteptat la așa ceva din partea unui șerif.

Se lăsă pe vine lângă cadavru și își deschise trusa. După ce își puse o pereche de mănuși chirurgicale, își începu munca în tăcere.

Morgan Mackinnon se uită țintă la cadavru câteva momente. Dorea să memoreze absolut totul pentru a putea analiza lucrurile mai târziu, chiar dacă Kate deja făcuse poze înainte ca medicul legist să fi atins corpul.

Apoi agentul privi în jur cu atenție. Ochii săi erau bine școliți și căutară urmele pe care ucigașul le lăsase în urmă, chiar dacă neintenționat.

Experiența îl învățase câteva lucruri, și în special că un criminal lăsa mereu ceva în urma sa la locul crimei. Problema era să recunoască acel ceva.

David Donaldson, unul dintre agenții de sub direcția sa, se apropie de el.

-Nu există nici un semn de intrare forţată la uşa din faţă sau din spate, boss, îi raportă lui Mackinnon. Cine a făcut chestia asta a fost invitat înăuntru. Nimeni nu a intrat cu forţa. Nu există urme de luptă pe nicăieri şi am verificat toate încăperile de aici de la parter. Camera de zi şi sufrageria sunt neatinse. E ca şi cum nimeni nu locuieşte aici, boss, spuse el clătinându-şi capul uimit.

Mackinnon îşi dădu seama că ceva i se părea ciudat lui David. Omul părea confuz şi, de obicei, era genul de om care găsea o explicaţie pentru absolut orice. Nu avea întotdeauna dreptate, dar cel puţin încerca.

-Nu există nici o bucată de hârtie, un ziar sau o revistă la vedere, nimic. Totul e ascuns pe undeva. Încăperile par pregătite să primească musafiri, explică el şi ochii lui înnotau în uimire.

Morgan trebui să facă eforturi ca să-şi ascundă amuzamentul. În sfârşit, înţelese ce se întâmplase. Încercă să-şi imagineze cam cum arăta apartamentul lui David.

David era un burlac convins, după cum spunea lumea. Asta nu însemna că era imun la sexul slab. David iubea compania femeilor, dar poate un pic prea mult. Problema lui era că nu se vedea capabil să intre într-o relaţie stabilă şi îi plăcea varietatea în viaţa sa romantică. Multă varietate, ca să spunem adevărul.

Bărbatul era cam de aceeaşi vârstă ca adjunctul de şerif, Chris Henderson, dar orice asemănare înceta acolo. Chris Henderson părea mai cu picioarele pe pământ în anumite privinţe decât

David. Era mai matur, în ciuda lipsei unui orizont mai larg, iar aceea era consecința faptului că locuise toată viața sa între hotarele unui oraș mic.

Mackinnon nu-l putea vedea pe Henderson vrăjind o fată acum și alta după cincisprezece minute.

Chiar și ca fizic erau diferiți. Unde Chris era înalt și cu umeri largi, David era de înălțime medie și subțirel. Părul negru, des și ciufulit al lui Chris îl punea în umbră pe agent, al cărui păr era foarte scurt, rar și blond.

Morgan deja remarcase invidia din ochii lui David ori de câte ori Kate sau Nancy aruncau câte o privire pe furiș spre Chris. Și chiar o făceau destul de des, la fiecare câteva minute. Dacă nu ar fi știut cât de sârguincioase și serioase erau cele două agente în munca lor, Morgan s-ar fi răstit la ele deja. Din partea lui, se puteau uita la adjunctul șerifului după voia inimii atâta timp cât își făceau treaba. Lui unul nu-i păsa.

Pe de altă parte, David nu le impresionase niciodată pe cele două femei, deși depusese eforturi serioase. Acum, gelozia și invidia îl făceau să se uite amenințător la bietul adjunct de șerif tot timpul.

Zâmbetul lui Morgan se lărgi când observă cât de confuz era Henderson. Adjunctul șerifului nu își dădea seama de ce David se tot uita urât la el. Părea să nu fie conștient de cât de bine arăta și de atracția pe care o exercita asupra sexului slab.

-Bine, David, verifică și sus, deși mă îndoiesc că ar fi ceva relevant acolo, îi spuse agentului.

Începuse să-i displacă duelul dintre privirile celor doi bărbați și se decise să-i pună capăt.

David aprobă, dând scurt din cap, și părăsi încăperea, dar nu înainte de a mai arunca o altă privire amenințătoare în direcția lui Henderson.

Adjunctul șerifului dădu din umeri indiferent, pentru că nu înțelegea ce avea agentul cu el, iar apoi își îndreptă privirea spre Mackinnon. Era dornic să învețe tot ce putea de la Agentul Special.

Mackinnon îl privi gânditor, iar apoi i se adresă medicului legist:

-Deci, Mick, ce-mi poți spune?

-Doar ce este evident, Morgan. Cineva a înjunghiat-o de cinci ori. Aceste trei răni de aici au sângerat, dar numai puțin. Inima fusese deja lovită și a mai pompat foarte puțin sânge în corp. Sunt sigur că voi găsi mai mult sânge în interior, totuși. Presupun că aș putea spune că a fost o crimă pasională, fie din cauza unei furii oarbe ori din cauza geloziei, dar mă îndoiesc că a doua variantă ar fi validă, spuse el, privind încruntat chipul victimei. Femeia nu pare tipul care să fi iscat vreodată pasiuni puternice într-un bărbat. Cel puțin nu atât de puternice încât să-l facă să o ucidă din gelozie... Dar ce știu eu? Lumea e plină de nebuni, după cum ai remarcat și tu mai devreme, zise medicul legist și ridică din umeri.

Își adună lucrurile și își închise trusa cu grijă. Apoi, se ridică și adaugă:

-Pot să o transporte la morgă. Voi face autopsia la zece dimineața mâine. Am altă autopsie programată la prima oră de dimineață. Bănuiesc că poți aștepta până la zece, îl întrebă.

Morgan dădu din cap că da şi îi semnală celuilalt agent, Bob Letzky, care aştepta de-o parte, să se ocupe de îndepărtarea cadavrului.

Bob se duse afară şi îi chemă pe asistenţii de la morgă să vină să ridice cadavrul şi se întoarse împreună cu ei. Oamenii puseră corpul într-un sac de plastic şi il scoaseră din casă, cărându-l la furgonetă.

Morgan aşteptă până ce Mick Johnson plecă şi el, iar apoi se întoarse către Bob:

-Tu şi Nancy procesaţi locul crimei în întregime şi ridicaţi toate amprentele posibile. Kate este responsabilă cu păstrarea integrităţii lanţului de dovezi. Deja a înregistrat cuţitul.

Bob aprobă şi se duse să o aducă pe Nancy în bucătărie. Mackinnon nu se aştepta la un răspuns verbal din partea lui. Bob era un bărbat foarte tăcut. Mackinnon nu putea afirma cu certitudine că a auzit mai mult de o duzină de propoziţii ieşind din gura lui şi Bob lucra în echipa lui de mai bine de şase luni.

Oricum, Bob asigura un oarecare echilibru în echipă. David vorbea non stop cât era ziua de lungă. Bob le oferea un pic de respiro.

-Kate, se adresă Mackinnon rotunjoarei brunete, cand terminăm aici, vom lua camere la motelul pe care l-m văzut pe şoseaua din afara oraşului.

-Pot să îi sun şi să le cer să aibă camerele pregătite pentru voi, interveni Chris. Motelul închide biroul de recepţie la miezul nopţii, spuse el şi aruncă o privire la ceas. Sunt deja aproape de ora închiderii. Îi sun şi le spun să deschidă camerele pentru voi şi să vă lase cheile înăuntru, de acord? se uită el la Mackinnon plin de speranţă că va fi lăsat să ajute.

-Fă-o, îl aprobă agentul special. Cere-le să pregătească cinci camere pentru noi. Zi-le că probabil vom sta aici cel puţin două sau trei zile, deşi s-ar putea să fie chiar şi o săptămână, admise el.

Chris, fericit că avea posibilitatea să ajute cu ceva, îşi scoase telefonul mobil din buzunarul de la pantaloni şi ieşi din bucătărie. Pe drumul afară din casă, căută numărul de telefon al motelului. Îi cunoştea pe proprietari, familia Potter, un cuplu mai în vârstă, şi era sigur că îi va convinge să pregătească cinci camere pentru agenţi.

Chris se întoarse la Mackinnon după un sfert de oră. Nu fusese prea uşor să îl facă pe bătrânul Frank Potter să asculte în mod raţional şi să pregătească camerele.

Din fericire, nevastă-sa, Allison, a auzit discuţia şi a intervenit pentru că altfel Chris nu ştia ce ar fi făcut cu agenţii. Le-ar fi putut oferi spaţiu să doarmă în casa lui, dar probabil spaţiul ar fi fost îndeajuns pentru doi sau trei agenţi.

Casa lui avea un singur dormitor şi o cameră de zi. Chiar şi bucătăria era destul de mică. Chiar foarte mică.

Planificase să construiască mai multe încăperi, dar a tot amânat proiectul. Nu avea planuri de căsătorie încă şi considera că avea destul timp să facă îmbunătăţirile mai târziu.

-Totul e aranjat, presupun, Mackinnon întrebă, aruncând o privire spre Chris când acesta reveni în bucătărie.

-Da, domnule, camerele sunt pregătite. Am numerele aici. Trebuie numai să intrați înăuntru și cheile vor fi pe masă în fiecare dintre camere, Chris îi explică agentului.

-Ai avut probleme cu camerele? îl întrebă Mackinnon judecând după fața lui Chris.

Discuția aprinsă cu Frank adusese culoare în obrajii adjunctului de șerif.

-Ceva probleme, da, admise Chris. Proprietarul e bătrân și are hachițele și chichițele lui, dădu el din umeri.

-Înțeleg, replică agentul. E bine că ai reușit să obții camerele, totuși, zâmbi el. Nu mi-ar fi surâs să-mi petrec noaptea în mașină sau să conduc până la sediu numai ca să mă întorc înapoi aici după vreo două ceasuri.

-Aș fi găsit o soluție, nu vă faceți griji, domnule. Nu v-aș fi lăsat să dormiți în mașină, Chris replică înfierbântat.

Dorința lui de a ajuta îl atinse pe Morgan Mackinnon, deși cumva îl făcea să se simtă și prost în același timp. Îi strânse umărul prietenește și apoi îl întrebă:

-Acum, să ne întoarcem la oile noastre, Chris. Ai vreo idee cine ar vrea să o ucidă pe această femeie?

-Ha! Chris exclamă, uitându-se fix la agent. Ha, repetă el și apoi izbucni în râs.

Era posibil să fi fost rezultatul oboselii şi extenuării nervoase, dar bărbatul nu se putea opri din râs. Râse până ce ochii îi lăcrimară.

Agenţii se uitau la el de parcă s-ar fi temut că şi-a pierdut minţile.

Ăsta e un oraş de nebuni, Mackinnon concluzionă. *Şeriful îi trage şuturi cadavrului să vadă dacă e pe bune mort. Ăsta râde de nu mai poate când îl întreb de suspecţi... Dumnezeu ştie peste ce altceva mai dăm mâine.*

Îsi scutură capul cu tristeţe şi se întrebă cum să-l facă pe adjunct să se oprească din râs. Trebuia să se ocupe de probleme mai importante şi mai urgente.

Nu era însă cazul să se îngrijoreze. Bărbatul se opri singur, îşi şterse ochii şi îşi scutură capul ca să şi-l limpezească, iar apoi spuse:

-Îmi cer scuze, Agent Special Mackinnon. Pe bune. Dar întrebarea ta...

Trebui să se oprească pentru că un alt hohot de rîs încerca să izbucnească de pe buzele lui. Îşi apăsă dosul palmei peste buze şi îşi muşcă interiorul obrazului pentru a-l opri.

-Îmi cer scuze din nou... Nu mi-am pierdut minţile, fiţi liniştiţi, specifică el, privind de la un agent la altul. Numai că... Întrebarea ta... Trebuia să o fi cunoscut pe victimă, domnule, îi spuse lui Mackinnon. Cred că ar fi mai uşor de aflat cine nu a urât-o, credeţi-mă.

-Deci să înţeleg că victima avea mulţi inamici, Mackinnon concluzionă.

-Asta e puţin spus, domnule, Chris îşi scutură capul. Peste optzeci la sută dintre oamenii oraşului o urăsc pe Lorna Carter. Unii o urăsc mai puțin, alții mai mult. Nu cred că există careva care să o fi iubit. Nici măcar Gus, specifică el. Toată lumea a putut vedea că era sătul de ea... Ea a fost... încarnarea lui Scaraoschi, dacă știți ce vreau să spun, zise el și își deschise brațele ca și cum nu ar fi găsit cuvinte să exprime ce gândea.

-Înțeleg acum, Mackinnon spuse.

Agentul oftă și își frecă fruntea.

-Cred că vom fi aici o vreme, le spuse el agenților. Probabil va trebui să rezervăm camerele acelea pentru o vreme îndelungată, nu numai o săptămână, zise el privind spre Chris. Mâine va trebui să facem o lista... Una lungă... admise el. Pe moment, hai să vorbim numai cu Gus Carter și apoi ne vom retrage pentru noapte. E deja trecut de miezul nopții, continuă el privind rapid spre ceas.

CAPITOLUL 8 – ÎNCEPUTUL TULBURĂTOR AL ANCHETEI

După o noapte scurtă și nesatisfăcătoare petrecută într-o cameră de motel, agenții și Chris Henderson se adunară în biroul șerifului la ora nouă dimineața.

Șeriful nu era în toane mai bune în acea dimineață, ci, din contră, era într-o stare de spirit mai proastă decât fusese în noaptea de dinainte. Ochii îi erau injectați, iar stresul și furia îi întinseseră pielea pe pomeți. Cenușiul tenului nu lăsa loc la speculații privind starea sănătății lui.

Omul nu dormise bine, iar gustul amar ce îl simțea pe limbă îl făcea să-și strângă buzele. Era ca și cum ar fi gustat nu numai o lămâie, ci un întreg coș de lămâi.

După o discuție tensionată, cu mare dificultate și după o lungă ezitare, șeriful le oferi agenților posibilitatea să folosească sala de conferințe ce se găsea în partea din spate a stației șerifului. Știa că nu îi putea refuza direct, dar asta nu însemna că și trebuia să fie mulțumit cu situația.

Încăperea arăta înfiorător. Mackinnon își imagină că fusese de fapt folosită pentru petreceri, și nici pentru acelea prea des, considerând stratul de praf și mizerie de pe podele.

Înăuntru, agentul remarcă câteva farfurii de hârtie şi ceşti de unică folosinţă, lăsate de izbelişte pe o masă aşezată pe una din laturile încăperii. Nişte ciorchine de hârtie colorată încă mai atârnau de tavan. Cel puţin, ele dădeau o aparenţă festivă camerei ce fusese neglijată de ceva vreme.

Nimeni nu se obosise să cureţe încăperea de câteva luni bune. Henderson, simţindu-se prost din cauza condiţiilor oferite, mătură podeaua, iar agenţii ajutară şi ei cu ştersul prafului de pe masa de conferinţă şi de pe scaunele pe care le mutaseră de pe latura încăperii, unde se găseau aliniate pe lângă pereţii scorojiţi care aveau mare nevoie de un strat de zugrăveală proaspătă.

Mirosul de igrasie din aer îi făcuse să deschidă ferestrele în mare grabă. Cu toate acestea, mai petrecură încă o jumătate de oră discutând nimicuri în faţa ferestrelor larg deschise. Aerul din interior nu prea era potrivit cu munca de investigaţie, mai ales după numai câteva ore de somn.

Mackinnon îşi folosise resursele diplomatice pentru a-l convinge pe şerif să îi permită lui Chris Henderson să-i asiste în cadrul anchetei. Chiar îi sugerase şerifului că el era mult prea important şi necesar în activităţile de zi cu zi, care ţineau oraşelul în funcţiune, şi îi explicase că nici nu visa să obstrucţioneze bunul mers al urbei, cerându-i şerifului să participe în anchetă. De asemenea, insinuase că şeriful părea destul de înţelept şi putea să se descurce fără ajutorul lui Henderson.

Kenneth Willow pretinsese că accepta explicaţia complicată a lui Mackinnon, dar ştia el care erau intenţiile agentului. Nu se născuse ieri, alaltăieri. Mackinnon voia numai să scape de el, atâta tot.

Kenneth se făcuse de râs noaptea precedentă, iar acum trebuia să se obişnuiască cu consecinţele comportării sale, chiar dacă îi displăcea să se gândească la ce făcuse. Din păcate, Lorna Carter avea mereu un efect dramatic asupra oamenilor şi nici el nu fusese imun la ea.

Aruncând o privire la ceas, Mackinnon îşi chemă agenţii la ordine. Se făcuse aproape ora zece când, în sfârşit, se adunară cu toţii în jurul mesei de conferinţe.

-În regulă, zise Mackinnon. Evidenţa pe care am colectat-o noaptea trecută este procesată chiar acum, le reaminti de colegii lor criminalişti.

Experţii criminaliştii se întorseseră la sediu în timpul nopţii, cărând cu ei pungile cu mostrele colectate la faţa locului şi sigilate înainte de a părăsi locul crimei.

-Nu vom avea raportul de autopsie mai devreme de după masă târziu, presupun, aşa că, după părerea mea, ar trebui să începem cu lista aceea cu suspecţi, se întoarse el spre Chris. Înţeleg că sunt o grămadă, dar hai să încercăm să micşorăm lista aia cumva, bine?

Chris Henderson dădu din cap că da, deşi i se citea îndoiala pe chip. Nu vedea cum ar fi posibil, ţinând seama că întreg oraşul avea ceva împotriva Lornei şi cei mai mulţi aveau motive serioase.

-Am vorbit cu Gus noaptea trecută şi el a zis că se dusese să-l vadă pe primar din cauză că Lorna l-a trimis acolo, Mackinnon îşi ridică ochii din notele pe care le făcuse și îi privi pe fiecare pe rând. Desigur, nu o putem întreba pe Lorna cum s-au întâmplat lucrurile, dar putem să o întrebăm pe menajera primarului la ce oră a ajuns Gus acolo și la ce oră a plecat. David, tu vei face o vizită la primar acasă, îi spuse agentului.

David se pricepea să vorbească cu un anumit gen de femei și era cel mai potrivit pentru acel interviu.

Henderson observă că David lua notițe în bloc notesul din fața lui. *Ține minte, ia notițe. La naiba, nu am nimic cu mine pe care să scriu. Nu m-am gândit și la asta. Să mă duc să iau un carnet, ceva, pe care să scriu?*

Nu știa ce să facă și îi venea să își tragă palme. Brusc avu o idee.

-Domnule agent special, începu el, dar Mackinnon îl întrerupse.

-Nu e necesar să folosești titulatura, Chris. Poți să mi te adresezi cu Mackinnon sau Morgan dacă vrei, agentul replică și îi zâmbi cu căldură.

Mda, desigur. Oi fi eu de pe la țară, dar nu sunt idiot. Chris simți impulsul să-și dea ochii peste cap, dar trecuse deja de vârsta când astfel de comportament era acceptabil.

-Bineînțeles, perfect. Atunci Mackinnon este, se gândi el la un compromis. Mă gândeam că aș putea merge să aduc niște cafea. Probabil că Norma Jean a ajuns deja la birou. E în schimbul de dimineață azi și, de obicei, pregătește o carafă de cafea de dimineață, le explică el.

Se gândea să se strecoare afară și să fure un bloc notes din rezerva Normei Jean, dacă o găsea în toane bune şi accepta. În marea parte a timpului nu prea era ea în toane bune.

Ochii agenţilor se luminară, şi, evident, Mackinnon remarcă imediat. Dupa doar câteva ore de somn, cafeaua ce o cumpăraseră pe drum spre biroul şerifului nu avusese prea mult efect asupra nivelului lor de energie.

-E o idee bună, zise el şi toţi din încăpere răsuflară uşuraţi. Te aşteptăm să continuăm.

Henderson părăsi sala de conferinţe, oţelindu-se în acelaşi timp pentru discuţia ce urma să o aibă cu Norma Jean. Aceasta era o femeie dificilă cam aproape tot timpul şi cu siguranţă nu va fi doritoare să-şi împartă cafeaua cu agenţii. Norma Jean avea momentele ei de meschinărie şi, din păcate, astfel de situaţii erau mai dese decât i-ar fi plăcut lui Chris.

Chris se întoarse cu o carafă plină cu cafea şi cu câteva pahare de unică folosinţă. Cele ce le găsiseră în sala de conferinţă mai devreme fuseseră pline de praf aşa că le aruncaseră deja la gunoi.

Sub braţul drept, căra un bloc notes şi Mackinnon zâmbi. Acum înţelegea de ce Chris se hotărâse brusc să iasă din încăpere şi să le ofere cafea.

Mackinnon ştia că oferta adjunctului fusese făcută în ciuda opoziţiei şerifului. Acesta nu le oferise nici măcar un strop în dimineaţa aceea.

Mackinnon aruncă o privire la chipul adjunctului de şerif şi observă liniile încordate din jurul gurii lui. Își dădu seama că bărbatul încerca să-și controleze furia.

-Ai avut probleme, Chris? Mackinnon întrebă.

Spera că șeriful nu l-a abuzat pe adjunct. Nu era vina tânărului că agentul l-a ales pe el să participe în investigație.

-Nu, replică Chris scurt. Doar Norma Jean, mormăi el, dar cu toate acestea Mackinnon îl auzi.

Deja auzise despre Norma Jean de la Gus Carter și dorea să discute cu ea, de asemenea. Femeia părea o originală, ceva nemaiîntâlnit, iar el cu siguranță murea de nerăbdare să o vadă și să o audă. Nu în fiecare zi dădeai peste un dispecer care le spunea apelanților să se ducă la culcare și să o lase mai moale cu pileala.

Chris le dădu la fiecare un pahar de hârtie și apoi le umplu paharele cu cafea. Apoi își goli buzunarele – venise pregătit cu pachețele de zahăr și cutiuțe de lapte.

Atât Kate cât și Nancy îi zâmbiră de parcă ar fi salvat lumea de la dezastru de unul singur. David se uită urât la adjunctul de șerif, ceea ce era de așteptat, iar celălalt agent, Bob, care oricum niciodată nu reacționa în nici un fel, nu dădu nici un semn că i-ar fi păsat de ce se întâmpla.

După ce își goli buzunarele, Chris luă carafa goală acum și se scuză:

-Trebuie să i-o duc înapoi Normei Jean.

Altfel scorpia mă va scalpa.

Când s-a întors, agenții își pregăteau cafeaua după gust și discutau nimicuri. Văzându-l pe adjunct întorcându-se, Mackinnon îi chemă pe toți la ordine.

-Deci, Chris, hai să vedem cine ar trebui să fie pe listă. Și nu te gândi la o ordine anume, că ne-ar lua pre mult timp, îl avertiză agentul.

Chris gesticulă și spuse:

-Ar fi oricum imposibil. Nu aș știi cine s-ar situa mai sus pe scara urii, oricum. Probabil că am o idee despre unii oameni, dar nu despre toți, explică el.

-Deci? Mackinnon îl întrerupse, temându-se că bărbatul va continua să bată câmpii la modul voios, risipind timpul.

-Păi, să încep cu cel mai evident, Gus Carter, propuse Chris.

-Carter? Nu pare agresiv, David replică doar să îi mai taie din nas adjunctului de șerif.

David nu se obosea să facă un secret din faptul că nu îl suporta pe Chris.

-Dacă numai oamenii agresivi ar comite crime, anchetele ar fi mult mai ușoare, nu-i așa? Chris întrebă retoric, iar Mackinnon îl felicită pe tăcute pentru replica pe care i-a dat-o lui David.

-Ce ne poți spune despre Carter? întrebă Nancy sorbind din paharul ei.

-Când Carterii erau tineri, părinții lui Gus erau cei mai bogați din ținut. Știți ce vreau să spun, născuți cu lingurița de argint în gură, gesticulă el. Averea le-a mai scăzut acum un pic. Gus a făcut niște investiții neînțelepte, iar Lornei îi plăcea să cheltuie și inca bine, Chris explică, continuând să gesticuleze animat.

Apoi observă neplăcerea reflectată în ochii lui Mackinnon și își dădu seama că a deviat de la subiect. Își încleștă pumnii să mai elibereze din tensiunea resimțită și să nu-și mai bată gura fără rost ca un puștan.

-Oricum, se grăbi să se întoarcă la subiect, bunica mea spunea că Lorna își dorea averea si statutul lor pentru sine. Cum nu putea să le obțină altfel, trebuia să se marite cu Gus. La vremea aceea, nimeni în ținut nu era de același... calibru. Așa că, în timpul vacanței de vară din anul în care a împlinit șaptesprezece ani, și-a convins părinții să o lase singură acasă peste weekend, zise el.

În același timp, aruncă priviri furișe spre fiecare dintre agenți să se asigure că-l ascultau.

-Înțeleg că părinții ei întotdeauna făceau ce le cerea și îi dădeau tot ce-și dorea, așa că, evident, au lăsat-o singură acasă și ea a organizat o petrecere intimă. A invitat doar câteva cupluri... Știți voi, niște prieteni foarte buni de-ai ei, și, desigur, Gus. De altfel, el era motivul pentru planificarea acelei petreceri, spuse el volubil, ochii lui dansând mereu de la unul la altul. I-au dat de băut lui Gus... mult, spuse el cu subînțeles. A fost ca o provocare sau ceva de acest gen, buni nu știa sigur, dădu el din mână, ca și cum nu ar fi fost important. Gus s-a plâns luni de zile dupa aceea... Oricum, dimineața următoare, s-a trezit în patul Lornei. Ea era lângă el și cearceaful era pătat cu sânge... Lorna i-a spus că a forțat-o și că, desigur, ea a plâns mult și l-a implorat, dar el nimica... Cu toate acestea, au fost oameni care au insinuat că au fost alți tipi care au avut-o înainte... Indiferent de situație, s-au căsătorit în mai puțin de o lună... Lui Gus îi era teamă, știți... Aparent, se vorbise despre viol statutar... Oricum, după căsătorie, Lorna i-a făcut viaţa lui Gus iadul pe pământ... nu cred că intenţiona să-l pedepsească sau ceva similar, dar aşa era ea... Chris încheie şi dădu din umeri.

-Asta înseaamnă că într-adevăr trebuie să îi verificăm alibiul lui Gus, David, Mackinnon se întoarse spre agent. Şi cu atenţie. Este improbabil ca Gus să-şi fi planificat răzbunarea împotriva Lornei timp de câteva decenii, dar nu putem trece cu vederea ura pe care, cu siguranţă, o simte pentru ea, Mackinnon observă.

David notă ceva grăbit în bloc-notesul său imediat.

-Deci atâta despre soţ. Acum, sunt alţi oameni apropiaţi Lornei Carter care ar avea motiv să o ucidă? îl întrebă el pe adjunct. Alţi membrii de familie, de exemplu.

-Membrii de familie? Acum, singurul membru de familie care mai este în viaţă, în afară de Gus, este fiul lor, Edward. Nu are încă optsprezece ani. Nu era prea multă dragoste între Edward şi Lorna. Lorna îi dicta mereu ce să facă, iar Edward i-a moştenit şi încăpăţânarea şi personalitatea neplacută. Nu era de mirare că nu se înţelegeau. Totul s-a înrăutăţit când Edward s-a îndrăgostit de Emily Logan.

-De ce? întrebă Kate.

-Lorna spunea că Emily e doar gunoi alb. Fata vine din partea cealaltă a oraşului, Chris explică. O fată blândă, chiar frumoasă, adjunctul de şerif admise, dar fără nici un fel de interes în voce. Acum însă... începu el să spună ceva, dar se opri.

Ochii lui se uitară în zare şi o umbră de tristeţe îi jucă în priviri.

-Acum ce? interveni David brutal.

Acum Chris avu certitudinea că agentul nu îl înghiţea deloc. *De parcă mi-ar păsa.*

-Emily a fost violată acum opt luni, începu Chris să le povestească. A fost atacată când se întorcea de la muncă într-o noapte... Lucra cu jumătate de normă, ştiţi... A fost târâtă în spatele unuia dintre magazine... Am găsit-o acolo în orele mici ale dimineţii... Din fericire, Norma Jean nu a lucrat în schimbul de noapte în acea zi, spuse fără să vrea. Oricum, se grăbi el să treacă peste ce spusese, când am găsit-o, Emily avea o fractură de maxilar, câteva contuzii... Am cerut să i se facă testele din trusa pentru viol, dar rezultatele au fost pierdute... Cred că... Lorna şi-a vârât coada acolo şi de aceea trusa a fost rătăcită, dar nu am nici o dovadă, spuse el demoralizat. Oricum, spitalul a refuzat să îi dea pilula, ştiţi voi, pilula de urgenţă, ca să prevină o sarcină nedorită... Chris specifică, uitându-se de la unul la altul.

Agenţii dădură din cap că da ca să-l impulsioneze să continue relatarea.

-Ei bine, când spitalul i-a dat drumul acasă, era deja prea târziu ca să se ducă în altă parte şi să primească pilula... Aşa că... e însărcinată – în opt luni... Deşi, taman ce am auzit-o pe Norma Jean spunând ceva legat de Emily şi un bebeluş. Aparent, a născut azi noapte, dar eu, unul, nu ştiu nimic concret.

-Înteleg, spuse Mackinnon. Ce a spus Edward când Emily a fost violată?

-Lorna l-a trimis într-o misiune cu biserica chiar înainte de atacul împotriva lui Emily... Voia să-l facă să uite de fată. Lorna a zis că Emily nu era altceva decât gunoi alb, și chiar a repetat-o de câteva ori. Spunea la toată lumea că avea speranțe de ceva mai bun pentru unicul ei fiu... V-am zis, va fi optsprezece ani curând... Lorna considera că puștiul avea un viitor măreț în fața lui și, citez *târfulița aia nu avea nici un loc în acel viitor.*

Nimeni nu spuse nimic câteva clipe. Kate își sorbi cafeaua, iar Bob consideră că era o idee bună, așa că-și luă și el paharul de hârtie să guste din cafea.

Mackinnon se uită fix la Chris, gândindu-se la ce spusese acesta. David se holba și el la Chris, dar avea alte gânduri.

-Ce s-a întamplat când Edward s-a întors din misiunea aceea cu biserica? întrebă Nancy.

Tăcerea devenise apăsătoare și Nancy simțise nevoia să o întrerupă.

Chris privi în direcția ei și-i răspunse:

-Ei bine, cred că mai întâi ar trebui să știți ce s-a întâmplat înainte ca el să se întoarcă.

-De ce? întrebă David, aruncându-i altă privire neplăcută. Nu îl plăcea pe Chris deloc din cauză că avea senzația că se găsea într-un fel de competiție cu el.

Mackinnon îl săgetă cu o privire sumbră. Începuse să se cam sature de atitudinea agentului.

-Imediat după ce Emily a fost violată, Lorna, cu ajutorul acoliților ei, a început să împrăștie tot felul de zvonuri neplăcute despre ea. A spus că de fapt Emily nu a fost violată. A împrăștiat știrea că de fapt fata se vindea pe o nimica toată și că ce s-a întâmplat era de fapt rezultatul unei tranzacții care nu s-a terminat cu bine... În câteva zile, reputația fetei era în zdrențe. Au fost câțiva care au încercat să împiedice zvonurile, dar erau prea puțini și nu au făcut față, Chris spuse bătând darabana cu degetele ușor în masă. Eu, unul, nu am crezut un cuvânt din zvonurile împrăștiate de Lorna. Aș fi auzit deja dacă ar fi fost adevărat, înainte ca violul să aibă loc... Cred că mulți nu au crezut nimic dar...

Chris se opri fără să își termine propoziția.

-Dar ce, omule, vorbește, îl împunse Kate.

Kate nu gusta suspansul. Agenta prefera să știe cum stăteau lucrurile.

Chris se înroși din cauza admonestării. În principiu, era un bărbat care nu vorbea prea mult și în acea dimineață își folosise deja toate cuvintele pe care le rostea într-o lună.

-Puțini au îndrăznit să își exprime opinia, le explică el.

-De ce? Mackinnon se miră.

-Pe aici cam toată lumea se teme de Lorna Carter. Se știe că a distrus oameni, cariere, căsnicii... Era o forță a naturii, de neoprit, concluzionă Chris când își reaminti că Lorna era moartă.

-Înțeleg că i-a distrus reputația lui Emily, spuse Mackinnon. Presupun că Emily ar fi destul de furioasă și ar vrea să se razbune într-un fel sau altul.

Chris clătină din cap contrazicându-l.

-Nu cred. Este doar un copil și...

-Ha, am văzut copii care au făcut lucruri de neimaginat, remarcă David cu plăcere vizibilă, fericit să se poată lua de Chris din nou.

Atitudinea lui îl făcu pe agentul principal să se încrunte la el din nou.

-Nu am afirmat că unii copii nu sunt capabili să facă anumite lucruri, Chris replică cu asprime. Am spus că ea nu ar fi putut. Ea este... Nu ştiu cum să o descriu, dar nu e capabilă de aşa ceva.

-Oricine e capabil de crimă daca are un motiv suficient şi este îmboldit s-o facă, David îl contrazise. Pari cam înamorat de fata asta, continuă el.

Ironia din vocea să îl zgândări pe adjunctul de şerif.

-Eşti serios, pe bune? Chris îl întrebă.

Ochii lui erau uimiţi. Chris nu îşi putea crede urechilor. *Cretinule.*

-Are şaptesprezece ani. Nu m-aş uita la ea nici dacă ar fi Miss Univers.

Cretin ticălos. Te crezi mare şi tare. Atât de mare şi tare că te ascunzi după titlul de agent special. Hai să vedem ce-ai face dacă nu ai avea titulatura şi dacă mi-aş propti pumnul în moaca ta.

-Şi oricum, eu prefer femeile care au un pic de temperament. Frumuseţea nu e destul. Se duce repede şi…

Mackinnon îşi ascunse zâmbetul. Îi plăcea personalitatea adjunctului de şerif. Îi venera pe agenţii OSBI, dar nu era omul care să accepte orice şi care ar fi lăsat pe careva să-l calce în picioare. Era capabil să riposteze fără ezitare.

Chris îi aruncă o privire sarcastică lui David şi apoi începu pe un ton mai potrivit pentru predică:

-Oricum, ce am vrut să spun, înainte de a fi întrerupt din nou, Emily este foarte însărcinată. În luna a opta, spuse el și le arătă cât de mare îi era abdomenul. Deși, dacă ce am auzit este corect, a născut noaptea trecută. Am văzut-o pe Emily la biserică ieri. Era mare cât o casă și se clătina pe picioare. Nu cred că ar fi avut puterea să o înjunghie pe Lorna de cinci ori. Poate o singură dată, dar nu de cinci ori, concluzionă el încăpățânat.

-De înțeles, Mackinnon decise să încheie acel subiect de discuție. Vom verifica dacă Emily a născut noaptea trecută, așa ca să fim siguri că am acoperit totul, cel puțin. Este posibil ca mama fetei să fi vrut să i-o plătească Lornei, totuși, observă el.

-Este posibil, e adevărat, Cris dădu din cap. Dar dacă îmi amintesc corect, femeia lucrează în schimbul de după-masă la fabrica de hârtie din orașul vecin. Mă îndoiesc că ar fi fost capabilă să o viziteze pe Lorna în jurul orei nouă, nouă și jumătate... Dar putem verifica, bărbatul admise.

-Perfect. Acum să ne întoarcem la acel Edward, Mackinnon spuse.

Își ridică paharul să ia o gură de cafea și își dădu seama că nu mai avea nici o picătură rămasă. *La naiba. Aș avea nevoie de cel puțin încă o ceașcă din otrava asta în dimineața asta.*

Chris interpretă corect mesajul din ochii lui Mackinnon și se ridică.

-Mă duc să o rog pe Norma Jean să ne mai facă încă o carafă.

Nu mai așteptă să primească aprobarea agentului și ieși din încăpere.

CAPITOLUL 9 – FOCUL DISPUTELOR DOMESTICE

După ce ajutorul de şerif ieşi din încăpere, David dădu să spună ceva, dar Mackinnon ridică mâna şi-l opri.

-Îl vom aştepta pe adjunct. Sunt sigur că îi cunoaşte pe oamenii din jur şi pare destul de inteligent. Avem nevoie de el pentru a face o oarecare ordine şi pentru a clarifica această afacere încâlcită. Dacă ţi-e teamă că vei uita ce vrei să spui, David, notează-ţi pe hârtie şi mai târziu poţi întreba.

Tonul său aspru nu lăsă loc de discuţie, aşa că David dădu din cap ca a înţeles, deşi oricine putea citi neplăcerea din ochii lui. *Al naibii adjunct de şerif!*

Mackinnon nu agreă purtarea lui David şi se întoarse să se uite afară pe fereastră. Abia aruncă o privire la copacii bătrâni şi stufoşi ce creşteau în jurul parcării staţiei şerifului, când un meci de strigăte izbucni de partea cealaltă a uşii şi îi surprinse pe toţi.

-Muiere afurisită! Ţi-am zis că-ţi dau banii să cumperi altă cutie, nu-i aşa? Deşi am plătit deja pentru asta. Numai fă blestemata aia de cafea, auziră ei vocea lui Chris.

Chris era exasperat şi striga din toţi rărunchii.

-Da? Se auzi o voce de femeie răspunzându-i adjunctului de șerif pe un ton ridicat. Ca și cum mi-ar păsa. Nu sunt sclava ta, Henderson, continuă ea pe același ton. Bagă bine la cap!

-Cine naiba a zis că ești sclava mea, femeie? Te-am rugat numai să umpli blestemata aia de carafă și să faci niște cafea, adjunctul țipă mai tare, pierzându-și cumpătul.

Sprâncenele lui Mackinnon îi țâșniră în sus pe frunte. Nu ar fi crezut că barbatul era capabil de așa ceva.

-Aș face-o eu însumi dar...

-Arăt cumva a menajeră? Femeia replică cu răutate.

Un șuierat distinctiv îi acompania cuvintele.

-Ascultă aici, viperă afurisită, își pierdu Chris calmul complet.

Sunetul unui pumn lovind masa ajunse la urechile agenților și aceștia se uitară unul la altul cu ochii mari. Adjunctul șerifului păruse să fie un bărbat calm cu sânge rece.

-Lucrezi în acest birou, Norma Jean. În acest moment, nu faci absolut nimic... începu ajutorul de șerif pe un ton ridicat din nou.

-Cine zice că nu fac nimic? femeia îl întrerupse cu un alt țipăt plin de indignare.

Era mai mult decât furioasă și Mackinnon se temu că adjunctul de șerif nu va ieși nevătămat din confruntare.

-Nu vezi că citesc ziarul, tembelule? Nu ai pic de bun simț, urlă ea strident.

David se bucură când îi auzi cuvintele și un zâmbet satisfăcut îi răsări pe buze la gândul că adjunctul nu reuşise să o farmece şi pe femeia aceea. Chiar se gândea să îi cumpere nişte flori. Norma Jean le merita. Îi luminase ziua.

-Bine, atunci, Chris strigă şi el, citeşte afurisitul de ziar şi lasă-mă pe mine să fac cafeaua.

-E filtrul meu de cafea, repetă ea încăpăţânată. Să nu te-atingi de el.

Agenţii aşteptară să audă replica lui Chris, dar, spre dezamăgirea lor, el nu spuse nimic. Mackinnon presupuse că va trebui să renunţe la a bea o altă ceaşcă de cafea. Brusc, strigătul femeii îi îngheţă pe toţi din încăpere.

-Ce faci? Pune-mă jos, boule, idiotule.

De data asta, Mackinnon reacţionă. Expresiile agenţilor săi îi reflectau gândurile. Nu puteau să creadă că adjunctul, care păruse un bărbat cumsecade, era capabil să atace o femeie.

Mackinnon sări de pe scaun şi, cu paşi mari, se grăbi spre uşă. Deschise uşa cu aşa forţă încât aproape o smulse din ţâţâni. Omul nu se opri, ci avansă în încăperea principală a staţiei şerifului. Scena ce se desfăşura în faţa ochilor săi îl făcu să îngheţe pe loc.

Adjunctul şerifului avea în braţe o femeie furioasă, care mârâia şi îi zgâria antebraţele. Îl pocnea peste coapse cu picioarele, iar tocurile ei cui probabil că îi perforau bărbatului pielea.

Adjunctul nu părea imun la durere, dar nu îi dădu drumul femeii până ce nu ajunse cu ea la alt birou, unde o trânti pe scaun. Când a observat că era aproape gata să cadă de pe scaun, a sprijinit-o până şi-a regăsit echilibrul, iar apoi i-a spus aspru:

-Acum stai aici și nu te mai amesteca în treaba mea, Norma Jean. Altfel o sa mă port urât cu tine și de data asta pe bune. Ai priceput?

Ochii verzi ai Normei Jean străluceau de excitare. Mackinnon își dădu seama că femeia nu se găsise în pericol nici măcar pentru o secundă, ci din contră, Chris făcuse tot posibilul să se asigure că nu era rănită. Acum, femeia se uita la adjunct cu o privire care putea fi interpretată ca fiind flamândă. Un anumit tip de foame.

Cu pași apăsați și furioși, Chris se duse în spatele mesei Normei Jean, unde un ziar făcut ghemotoc căzuse pe jos în fața biroului. Măsură cafeaua și pregăti filtrul de cafea plasat pe un raft în spatele mesei și apoi apăsă butonul pentru a-l porni.

Numai după ce a terminat, s-a întors spre tânăra femeie pe care o aruncase pe celălalt scaun puțin mai devreme și o privi amenințător. Nici măcar nu remarcase apariția lui Mackinnon în încăpere și nici Norma Jean nu-l văzuse.

Mackinnon se întoarse tăcut în așa zisă sală de conferințe și un surâs amuzat îi jucă pe buze.

Deci tânărul adjunct, atât de calm de altfel, are un punct de fierbere. Cine ar fi crezut? Mackinnon începu să fluiere încetișor și se așeză înapoi pe scaunul său.

Agenții aveau ochii ațintiți pe el, așteptând răspunsuri, iar Mackinnon dădu vag din mână:

-Nu a fost mare scofală... Doar o dispută domestică, să spunem... Chris va veni cu cafeaua într-o clipă.

Mackinnon înţelese oftatul uşurat al agenţilor. Numai David se încruntă. Se aşteptase la ceva mai multă dramă şi, probabil, s-ar fi bucurat să-l vadă pe Chris revenind în sala de conferinţe cu coada între picioare.

Oh, gelozie, gelozie, zâmbi Mackinnon.

CAPITOLUL 10 – O LISTĂ LUNGĂ CU SUSPECȚI

Chris se reîntoarse în sala de conferințe cu o carafă plină cu cafea. Fără să spună nimic, o puse în mijlocul mesei și apoi își reluă locul pe scaun. O umbră de furie îi înnora ochii și gura îi era tensionată într-o linie de mânie rigidă.

Nimeni nu spuse nimic câteva clipe. Nici măcar nu mișcară. Apoi, Mackinnon se aplecă peste masă și se servi cu cafea, iar ceilalți îi urmară exemplul. Timp de câteva momente, toți se ocupară cu pregătirea cafelelor.

-Hai să terminăm cu lista, propuse Mackinnon. Înțeleg că atunci când s-a întors, Edward a aflat ce a făcut maică-sa.

-Da, răspunse adjunctul de șerif scurt. Am auzit de câteva discuții cc au avut loc între ei, ridică el din umeri. Nu știu însă dacă era destul de furios să își omoare mama. Pare puțin cam… prea extrem.

-Posibil, murmură Mackinnon. Oricum îl vom verifica.

Chris acceptă dând din cap, deși era încă înfierbântat și nu-și găsea locul. Se lăsă pe spate în scaun, și își rezemă glezna dreaptă pe genunchiul stâng. Degetele sale îi băteau un staccato ritmic pe coapsă.

-Altcineva, întrebă Mackinnon aruncând o privire la adjunctul de șerif care brusc părea cam plouat.

-John Rand, spuse el. Este un bărbat de treizeci și patru de ani. A fost concediat de la brutărie... Ar trebui să menționez că nu a primit nici un fel de referințe.

-De ce a fost concediat? Mackinnon întrebă când Chris nu mai adăugă nimic.

Adjunctul de șerif fusese mult mai vorbăreț înainte de sfada sa cu Norma Jean. Acum părea retras și enigmatic.

-Ei bine, a lucrat pentru brutar până într-o zi când a insistat să servească pe altcineva înaintea Lornei Carter. Se pare că pe Lorna nu o interesa defel că persoana aceea fusese în magazin înainte ca ea să ajungă acolo... Am auzit-o spunând că se considera mai presus de un client obișnuit. A zis cu mândrie că ea era un stâlp al comunității și nu putea accepta o asemenea lipsă evidentă de respect din partea lui Rand... L-a hărțuit și intimidat pe Jeremiah, proprietarul, până ce acesta l-a concediat pe Rand fără recomandare... Jeremiah nu a avut loc de întors. Ar fi fost falimentar în mai puțin de două luni... oricum, Rand nu a găsit nici o altă slujbă în oraș sau în orașul alăturat... Nici acum nu are slujbă... Și o mai are și pe maică-sa care e în vârstă și pe care trebuie să o întrețină, explică Chris, gesticulând. Lornei nu îi păsa nici cât negru sub unghie. A zis că Rand nu culegea decât ce-a semănat.

-Clar trebuie pus pe listă, boss, observă Nancy și Mackinnon o aprobă.

-Tu îl vei chestiona pe Rand, Nancy, îi spuse el și ea își notă conștiincios numele în bloc-notesul ei. Altcineva, întrebă el uitându-se la ajdunctul de șerif.

Chris râse batjocoritor și Mackinnon îl privi întrebător, făcându-l să se înroșească ușor.

-Sunt prea mulți alții, își explică el reacția.

-Ca cine? întrebă David, nu fără malițiozitate, iar atitudinea lui îl determină pe Mackinnon să-l săgeteze cu o altă privire aspră. David își coborî ochii în tăcere.

-De exemplu... Aileen Edwards, douăzeci și șapte de ani, proaspăt divorțată, Chris răspunse îndatoritor cu o voce monotonă. Lorna i-a spus soțului ei, Samuel, că Aileen îl înșela... chiar dacă el știa ce fel de femeie era Lorna, dubiile au prins rădăcini și de acolo până la divorț nu a fost mult.

-Ce a făcut-o să o atace pe Aileen? întrebă Kate.

Chris își aruncă privirea afară pe fereastră pentru a-și aduna gândurile, iar apoi spuse:

-Lorna fusese împotriva ajutării grupului de persoane ce locuiesc în tabăra de rulote de la capătul orașului. A zis că... nu vedea de ce ar ajuta o adunătură de oameni nespălați și needucați, Chris continuă și se uită înapoi spre Mackinnon ridicînd din umeri din nou.

După părerea lui Mackinnon, Chris avea un tic nervos. Prea ridica din umeri tot timpul. În ciuda gândurilor sale, îl încurajă să continue cu un semn ușor al capului.

-Oamenii au auzit-o pe Lorna spunând că era dincolo de puterea ei de înțelegere, dar Aileen a insistat că era creştineşte să îi ajute pe oamenii aceia....

-Deci ce a făcut Lorna? întrebă Kate, schimbându-şi poziția în scaun.

Acum picioarele ei lungi erau întinse într-o parte, iar ochii lui David se fixară pe membrele ei lungi, uitând de adjunctul de şerif pentru câteva momente.

Chris încercă să îşi amintească exact ce s-a întâmplat şi apoi îşi deschise larg brațele şi spuse:

-Ca de obicei... Mai întâi a împrăştiat zvonuri vicioase despre Aileen... Îmi amintesc că întreg oraşul vuia pe atunci... Apoi, Lorna a ales o altă cale de acțiune pentru că se pare că numai împrăştierea zvonurilor nu a funcționat. L-a abordat direct pe soțul lui Aileen şi i-a zis de la obraz că ea personal a văzut-o pe Aileen cu trei dintre bărbații ăia de trăiesc în rulote... Desigur, nu a uitat să menționeze că păreau foarte intimi cu toții... Acum, Samuel avea îndoielile lui despre ceea ce i-a spus Lorna, dar ideea i s-a plantat în minte... Destul de curând a divorțat de Aileen..., spuse Chris şi privi la fiecare pe rând, scuturându-şi capul. A fost un divorț oribil, îşi aduse aminte cu un fior. Aileen nu a găsit pe nimeni dispus să contrazică ce a spus Lorna... Nimeni nu putea spune nimic, vezi tu, le explică Chris când văzu expresia incredulă a agenților. Oricum, se gândi el să o scurteze, Samuel nu i-a lăsat mare lucru lui Aileen... Ei bine, femeia a rămas în casă, dar casa era oricum închiriată, nu a ei.

-Ce a făcut? îl întrebă Nancy cu nerăbdare.

Se prinsese în povestirea lui şi abia aştepta să audă urmarea.

Toţi agenţii păreau să guste maniera în care Chris nara evenimentele şi erau nerăbdători să audă finalul povestirii. Mackinnon nu fu dezamăgit - Chris ridică din nou din umeri şi agentul nu-şi putu ascunde zâmbetul.

În sfârşit, Chris continuă:

-Aileen a trebuit să caute o slujbă. Avea unde locui, avea casa, e adevărat, dar trebuia să plătească chiria, explică el sfătos. Şi-a găsit de lucru în oraşul vecin că aici în oraş nimeni nu îndrăznea să o angajeze, se strâmbă el. Nu după ce Lorna a ameninţat pe toată lumea, chiar dacă a făcut-o destul de subtil.

-Aileen trebuie trecută pe listă, Mackinnon decise. O să o chestionez eu, adăugă el şi îşi notă numele ei pe bloc-notesul din faţa lui. Tu vii cu mine, îi spuse el lui Chris.

Nu îl putea trimite pe David să discute cu Aileen, dacă femeia era atât de tânără. David era ca un câine permanent în călduri, iar ei aveau nevoie de răspunsuri şi, eventual, de un alibi solid, nu de un suspect vrăjit de David.

Bob era bun să analizeze faptele, dar nu era atât de bun să chestioneze o femeie. Experienţa îl învăţase pe Mackinnon că femeile răspundeau mai bine atunci când erau interogate de un bărbat, aşa că nu ar fi fost înţelept să o trimită pe Kate sau pe Nancy să îi pună întrebări.

-Altcineva, îl întrebă pe Chris uitându-se direct la el.

Chris aprobă dând din cap. Îi apărură riduri pe frunte, ceea ce denota că încerca să aleagă pe cine să prezinte agenților mai întâi.

-Oh, exclamă el și își pocni fruntea cu palma, gest care îi surprinse pe agenți. Am uitat de Matthew Jackson, se scuză el. Ar trebui să fie undeva în capul listei.

-De ce? Bob puse prima sa întrebare, iar adjunctul de șerif îl privi șocat.

Chris fusese aproape sigur că agentul nu avea corzi vocale.

-Ei bine, are două motive, îi replică el lui Bob, dar nu intră în amănunte.

Vrea să-l implorăm să vorbească? Mackinnon se miră. *Hai să-i dau un mic impuls.*

-Adică? îl imboldi el.

-Oh, da, replică el de parcă abia atunci și-ar fi dat seama că nu continuase cu explicația. Matthew Jackson are în jur de douazeci și doi de ani, dacă îmi amintesc corect, se încruntă el și-și scutură capul.

Alt tic de-al lui, Mackinnon constată.

-Oricum, timp de câțiva ani, a lucrat pentru Carter, care un dealership de automobile. A fost concediat la cererea Lornei, care descoperise că bărbatul era îndrăgostit de Emily... De fapt, Matthew era îndrăgostit de Emily de câțiva ani buni. Toată lumea știa și chiar nu știu cum s-a făcut că Lorna nu a aflat mai devreme dar... Oricum, toți vedeam cum o urmărea pe Emily cu privirea peste tot – ochi de cățeluș îndrăgostit, parcă a zis cineva... Nu mai știu cine, scutură el din cap din nou. Nu a încercat să dezvolte o relație cu ea pentru că era minoră la vremea aceea... Mă rog, încă e minoră... dar, așa cum am zis, ochii lui arătau clar ce simțea, Chris spuse în aceeași voce ce amintea de un povestitor din alte timpuri, și agenții, cu excepția lui David, zâmbiră.

Individul și-a greșit vocația, Mackinnon se gândi și o lumină jucăușă apăru în ochii săi atenți.

Chris nu o văzu. El acorda aceeași atenție tuturor și ochii îi dansau de la un agent la altul.

Se simțea bine având atenția lor completă. Nimeni nu îi acordase atât de multă atenție în trecut. De obicei, se găsea mereu undeva în culise, niciodată în centrul scenei.

-Când Lorna și-a exprimat opinia ei vis a vis de Emily, afirmând că era doar o târfuliță, Matthew și-a pierdut cumpătul, Chris continuă. Dar a fost furios rău de tot... ca și cum îl mușcase o albină de fund... Nu a fost prea amabil cu Lorna în ziua aceea... Dacă îmi amintesc corect, cel mai amabil lucru pe care i l-a spus a fost să-și vadă de treaba ei, că Emily era un copil cuminte... A folosit și câteva cuvinte și expresii bine alese, cum ar fi cață care-și vâră nasul unde nu-i fierbe oala. Cel mai rău a fost când i-a spus că era o femeie ai cărei hormoni au luat-o razna și i s-au urcat la cap... Mă rog, ne-am cam imaginat noi ce a vrut el să spună, dar nu sunt sigur că am înțeles cu adevărat subînțelesul cuvintelor lui.

Chris luă o scurtă pauză și își turnă niște cafea în paharul lui de hârtie. Dacă se gândea bine, se luptase pentru cafeaua aia, așa că merita să se servească din ea. Sub ochii incisivi ai agenților, cu gesturi meticuloase, adăugă două pachețele de zahăr și două cutiuțe de lapte.

Trebuie să admit, individul știe cum să își țină publicul numai ochi și urechi, se gândi Mackinnon urmărindu-i gesturile precise cu admirație. *Mda, tipul ăsta e mai mult decât m-am așteptat. Înșelător.*

Chris își pregăti cafeaua exact cum îi plăcea și o gustă. Satisfăcut de gustul cafelei, își linse buza superioară, o mișcare pe care Kate o urmări cu mare interes.

Apoi, se lăsă pe spate în scaun din nou și își continuă povestirea:

-Acum, evident Lorna nu putea accepta ca cineva să îi vorbească așa, vă dați seama. I-a cerut lui bărba-su să îl concedieze pe Jackson imediat și să îi dea referințe proaste. Foarte proaste, dădu el din cap ca pentru a da mai multă greutate cuvintelor sale. Și-a găsit o slujbă, totuși, ridică el din umeri. Nu pare să îi pese că și-a pierdut slujba din cauza ei. Dar în mod clar era afectat de faptul că Lorna împrăștia zvonurile alea oribile despre Emily. Evident că Lorna a continuat să o facă și după discuția cu Jackson, Chris specifică.

-În regulă, zise Mackinnon. Nancy și Bob se vor ocupa de Jackson, privi el spre cei doi agenți cu înțeles și ei arătară că au înțeles. Sper că mergând împreună o să fiți capabili să vă dați seama dacă e vinovat sau inocent. Cine altcineva? se întoarse el spre Chris.

Chris medită câteva momente, ochii lui cercetând ceva foarte interesant pe tavanul scorojit, iar apoi își pocni iar fruntea cu putere.

Femeile se crispară când sunetul umplu încăperea și chiar și David se strâmbă.

Chris se uită din nou la Mackinnon:

-Oh, da, bătrânul Dan Hanson. Nu putem uita de el. Istoria lui cu Lorna datează de mult, mult timp. Totul s-a petrecut cu multă vreme în urmă, dar nu cred că a uitat ce s-a întâmplat.

-Cât de demult? Bob întrebă și Mackinnon nu putu să-și mascheze surpriza.

Bob vorbise din nou. A pus întrebări și de două ori în aceeași zi. Adjunctul de șerif avea o bună influență asupra lui.

-Dan Hanson a avut numai un copil, o fiică... Era lumina ochilor lui. Nu-mi amintesc numele ei, dar pot să îl caut dacă vreți. Fiica lui a mers la școală cu Lorna. Erau în aceeași clasă. Lorna se lua de ea și o intimida, dar rău de tot, știți. Înțeleg că nu trecea o zi fără să îi facă ceva. Cu toate astea, fata a ajuns în ultimul an. Oricum, fiica lui Hanson s-a îndrăgostit de un băiat din clasă. Băiatul nu i-a dat nici o atenție până în ultimul an când fata a început să... se dezvolte... Trebuie să înțelegeți că asta-i ce am auzit. Nici nu eram născut încă...

Mackinnon reuși să se abțină să râdă și dădu din cap că înțelege. Îl încurajă pe Chris să continue cu o mișcare vagă a mâinii.

-Ei bine, se pare că Lorna nu putea concepe să o vadă pe fata lui Dan Hanson cu băiatul acela. Nu pentru că îl dorea ea. Nu, nu-i păsa de el, așa ca bărbat... Era vorba de principiu aici, să spunem. Oricum, i-a spus tipului că fata lui Hanson era... foarte generoasă cu farmecele ei. I-a dat de înțeles că s-a culcat și cu doi sau trei tipi în același timp...

Chestii urâte, foarte urâte... Puştiul s-a dus acasă la Hanson şi a avut un scandal imens cu prietena lui. A insultat-o urât de tot şi până s-a încheiat cearta, a şi decis să o rupă cu ea... Acum, fata era într-o stare foarte proastă în după-masa aceea. Era singură... În fine, a scris o notă scurtă, explicând ce i-a făcut Lorna de-a lungul întregii vieţi, şi a încheiat cu ultima lovitură pe care i-a dat-o... A lăsat biletul pe masa din bucătărie pentru părinţii ei şi s-a dus în hambar şi s-a spânzurat.

Agenţii se holbau la el cu ochii cât cepele. Poveştile lui fuseseră interesante şi, într-un fel, antrenante, în special din cauza manierei lui deosebite de a le spune. Dar acea ultimă poveste i-a şocat. Nici măcar Mackinnon nu putea articula un cuvânt. Şi-a dres glasul de câteva ori înainte de a fi capabil să spună câteva cuvinte.

-Mda, înţeleg acum de ce bătrânul Hanson ar fi un bun suspect.

-La naiba, boss, dar nu pot să spun că-mi pare rău că cineva i-a astupat gura muierii ăleia, mărturisi David.

Mackinnon nu răspunse, dar şi el gândea acelaşi lucru. Se părea că victima fusese răul pur reîncarnat.

-Bine, Chris, îl vom vedea şi pe Dan Hanson, Mackinnon decise. Acum nu mă înţelege greşit, Chris. În fapt, chiar ne place să te ascultăm relatând toate aceste fapte, dar mi-e teamă că vom fi în această încăpere şi mâine dacă vom continua aşa. Mai bine scrii tu aici pe acest bloc-notes numele oamenilor care ar fi avut motive serioase să o urască pe Lorna Carter. Lângă fiecare scrie succint motivul.

Chris s-a simțit oarecum respins, dar se supuse. Luă pixul pe care Mackinnon i-l întinse și începu să construiască lista.

In mai putin de cincisprezece minute, i-a returnat bloc-notesul lui Mackinnon, care citi numele cu voce tare:

-Linda Wilson – fiul ei a fost alungat din oraș (era homosexual); William Miller – și-a pierdut slujba și nevasta; Mary Davis – Lorna l-a călcat cu mașina pe mezinul ei și acesta a ajuns în scaunul cu rotile; Lorna nu a fost niciodată pedepsită; Robert Brown – și-a pierdut o parte din teren și Lorna l-a caștigat, pe nedrept; Michael Jones – îndepărtat din consiliul orășenesc; John Williams – a avut un magazin; Lorna l-a făcut să dea faliment; James Smith – a petrecut un an în închisoare pentru ceva ce nu a făcut.

Se uită la Chris și acesta citi uimirea în ochii agentului.

-Chiar vrei să spui că a făcut toate acestea?

-Ei bine, da. Tot ce am scris acolo e adevărat. Nu am notat numele oamenilor de care nu sunt sigur, admise Chris.

-Vrei să spui că locuitorii din acest oraș știu ce li s-a întâmplat oamenilor ale căror nume le-ai scris aici pe hârtie și nimeni nu a făcut nimic?

Chris se uită la Mackinnon printre gene și apoi replică ușor ezitant:

-Cine să fi făcut ce? Când șeriful era omul Lornei? Când consiliul orășenesc tremura de frica ei? și-a încheiat litania ridicând vocea.

-Înțeleg, șopti Mackinnon.

Chris se uită la el lung și îl evaluă. Își dădu seama că într-adevăr agentul înțelegea.

Mackinnon puse bloc-notesul în fața sa pe masă și medită câteva clipe. Degetele îi băteau darabana pe masă cu nervozitate.

-Bine, Nancy și Bob, îi luați pe Wilson, Miller și Davis. Kate și David, vă ocupați de Brown, Jones și Williams. Adjunctul șerifului și eu îi vom interoga pe Aileen, Hanson, Emily și Margaret Logan și pe Smith. David, nu uita de menajera primarului, îi aminti el, privindu-l cu severitate. Nancy, Kate și Bob, contez pe voi să îi intervievați pe oamenii despre care deja am vorbit mai devreme, spuse el și aruncă o privire la ceas.

Se strâmbă când văzu cât de târziu era.

-Bun, hai sa luăm prânzul mai întâi. Am văzut un restaurant pe Strada Principală, Chris. E bun de ceva?

-Oh, da. Robertsonii oferă cea mai bună mâncare din ținut. Comandă mâncarea specială a zilei și nu o să-ți pară rău, îl sfătui Chris.

-Nu vii cu noi? îl invită Mackinnon și aproape că zâmbi când văzu roșeața cuprinzând obrajii adjunctului de șerif.

Bărbatul acceptă invitația cu o înclinare a capului. Nu putea spune nimic.

CAPITOLUL 11 – UN PRÂNZ SUCULENT ȘI UN CADAVRU INOPORTUN

Atât agenții cât și Chris și-au savurat prânzul și conversația antrenantă. Au discutat despre cazuri mai vechi și au răspuns întrebărilor adjunctului de șerif.

Chris nu mințise când le-a spus că restaurantul familiei Robertson oferea cea mai bună mâncare din ținut. Nu-și puteau aduce aminte când au avut parte de asemenea fripturi suculente. Mackinnon chiar a menționat că fiind pe drumuri mai tot timpul, a învățat să prețuiască astfel de tratații gustoase.

Până și David a început să-l trateze pe Chris cu politețe, iar Bob le-a spus o glumă care i-a făcut să râdă în hohote.

Chris tocmai râdea din toată inima la gluma lui Bob când o voce mânioasă se auzi din spatele lui, iar el era ținta mâniei.

-Crezi că sunt afurisita ta de secretară, Henderson?

Chris se întoarse cu un surâs posomărât. Știa acea voce foarte bine și deja se săturase de țipetele femeii pe ziua aceea.

-Sunt în pauza mea de prânz, Norma Jean. Ce naiba mai vrei acum? Dacă ar fi după mine, ți-aș înnoda limba. Țipetele tale scorojesc vopseaua de pe pereți.

Norma Jean mârâi și îi arătă unghiile lugi vopsite cu ojă roșie. Părea gata să sară la el să-l atace. David o privi pe femeie cu interes. Prezenta un pachet interesant. Situația îl amuză și pe Mackinnon, dar nu într-atât de mult încât să-l lase pe adjunctul de șerif să cadă pradă instinctelor ei criminale.

-Ai venit cu o treabă anume? o întrebă el și femeia se întoarse spre el ca o mâță gata de atac.

Totuși, Norma Jean se controlă. Se gândi că nu se făcea să intre în conflict cu un agent special de la OSBI.

-Da, am venit cu treabă, replică ea răstit. Frank Potter a sunat, spuse ea.

-Este proprietarul motelului, Chris le explică și Norma Jean șuieră de nervi.

-Vorbesc aici sau ce? se luă de el.

-Chiar te rog, vorbește, îi replică el cu sarcasm.

Norma Jean își dădu ochii peste cap, dar continuă:

-Deci Potter a sunat. Un client nu a predat camera și s-a dus să-l întrebe dacă avea de gând să plătească pentru încă o zi. Se pare că l-a găsit. Clientul era mort pe podea. Presupun că e tot acolo.

Nimeni nu reacționă la început, dar apoi Chris îi replică:

-Mă întreb ce i-ai spus lui Potter când a sunat să anunțe crima.

Femeia avu delicatețea să se înroșească amintindu-și de noaptea precedentă, dar replică:

-Ține-ți gura închisă.

S-a întors pe tocuri și a părăsit restaurantul cu toată demnitatea de care era capabilă. Chris o urmări cu privirea și un zâmbet îi flutură pe buze.

-Două crime la rând într-o comunitate atât de mică, e prea mult ca să fie o coincidență, Mackinnon observă și Chris își exprimă acordul cu un semn al capului.

-În special dacă te gândești că nu am avut nici una timp de mai mult de jumătate de secol, adjunctul de șerif admise. Nu ar trebui să mergem? îl întrebă el pe agent.

Era confuz pentru că agenții continuau să mănânce și nici unul dintre ei nu dădea semne că era pregătit de plecare.

-Îl vom suna pe medicul legist și echipa de criminalistică mai întâi, spuse Mackinnon. Oricum nu putem atinge corpul sau camera înainte ca și ei să fie acolo. Kate, dă tu telefon. Cred că avem suficient timp să ne terminăm prânzul, Mackinnon concluzionă cu o voce calmă. Probabil că ar trebui să îi dai un telefon lui Potter și să-i spui să nu lase pe nimeni să se apropie de cameră, i se adresă el adjunctului de șerif.

CAPITOLUL 12 – O NOUĂ SCHIMBARE DE SITUAȚIE

După exact patruzeci și cinci de minute, întreaga echipă se găsea în fața camerei doisprezece. Frank Potter îi așteptase acolo, iar chipul său părea săpat în piatră. Buzele îi erau înghețate într-o grimasă adâncă. Singul semn ce îi trăda nerăbdarea era faptul că degetele de la mâna dreaptă îi băteau darabana pe coapsă. Nu-i plăcuse că i s-a cerut să aștepte și să nu lase pe nimeni să intre în cameră.

Mackinnon veni în fața bărbatului ursuz să se prezinte. Cei doi bărbați își strânseră mâinile, deși Mackinnon citi ezitarea inițială din ochii lui Frank.

-Sunt agentul special responsabil Morgan Mackinnon, se prezentă el pe un ton plăcut.

Atitudinea celuilalt nu se schimbă defel. Bărbatul continua să-l privească la fel de încruntat.

Care e problema cu oamenii de pe-aici? Mackinnon se miră. I se părea straniu, ca un déjà-vu dupa întâlnirea cu șeriful din noaptea precedentă. *E ca și cum aș avea râie, la naiba.*

-Frank Potter, mormăi bărbatul.

Vocea îi suna ca glasspapirul. Pe fața lui se vedea că nu era prea entuziasmat să facă cunoștință cu agentul special.

Frank Potter era un bărbat slăbănog de peste șaizeci de ani cu un ciuf de păr alb. Cu toate acestea, avea o strângere de mână puternică și Mackinnon încercă să nu se strâmbe și să nu arate nici un fel de discomfort. Nu voia să îi dea nici un fel de satisfacție bărbatului arțăgos care îl privea cu atenție.

-Când voi avea camera de motel în posesia mea din nou? Frank îl întrebă pe agent cu o voce certăreață.

Se știa bine că personalitatea sa nu-i permitea să arate nici un pic de amabilitate. Așa îi era felul.

-Curățită, desigur, nu uită el să menționeze. Sper că nu o să vă așteptați să facem noi curat după voi, îi aruncă o privire amenințătoare anchetatorului.

*Ca și cum **eu** am ucis victima*, se strâmbă Mackinnon, găsind comportamentul bătrânului foarte neplăcut. Cu toate acestea, spuse cu voce tare:

-Veți primi camera în posesie după ce am îndepărtat cadavrul și am colectat tot ce este necesar. Asta poate avea loc într-un interval cuprins între o zi și trei zile, din păcate. Depinde de complexitatea cazului. Trebuie să știți însă, accentuă el, că *noi nu suntem responsabili* cu curățirea camerei. Vă vom recomanda câteva companii care se ocupă de curățirea încăperilor unde au avut loc crime, dar asta e tot ce putem face, spuse el autoritar.

Știa că nu putea să arate nici un fel de slăbiciune în fața oamenilor ca Frank Potter. Astfel de oameni știau să profite de orice fel de slăbiciune.

Spre uimirea lui Mackinnon, bărbatul efectiv rânji la el, ca și cum ar fi comis un sacrilegiu. Apoi, se întoarse scurt pe calcâie și cu pași apăsați și furioși se îndreptă spre soția sa, o femeie de o vârstă apropiată, care aștepta în fața biroului de recepție al motelului.

Părul femeii era straniu, vopsit portocaliu aprins, și strălucea în soarele puternic. Efectul era orbitor și îi răni ochii lui Mackinnon. Fu nevoit să-și închidă ochii câteva secunde să-și revină. Când îi deschise din nou, o evaluă pe femeie din vârful capului până la degetele de la picioare, pictate desigur cu ojă portocalie.

Chipul lui Allison Potter îl uimea. Nu arăta deloc așa cum și-o închipuise. Un zâmbet cald îi îndulcea tenul perpelit de soare, care se asemăna pergamentului. Soarele îi pigmentase pielea, iar la colțul gurii și al ochilor avea linii fine cauzate de râs. Acestea induceau oamenii în eroare, negând orice urmă de rudenie cu Frank Potter.

Potter plecase fără a-i mai adresa un cuvânt agentului, dar, în fapt, bărbatul continuă să dea din gură, chiar dacă nu se adresa nimanui în particular.

-Nu suntem responsabili cu curățenia. Ai auzit tu? Ha! Asta e problema cu lumea în ziua de azi, ascultă ce-ți spun. Nimeni nu mai e responsabil de nimic. Nimeni. Nu în ziua de azi. Și din cauza asta, un om care își câștigă pâinea din greu, nu face altceva decât să plătească și să tot plateasca, până

în ziua de apoi, continuă el litania până ce ajunse la biroul de recepție.

Era clar că voia să fie auzit pentru că vorbea din ce în ce mai tare pe măsură ce se îndepărta de investigatori.

Mackinnon îl urmări cu privirea, dar nu se lăsă ademenit într-o discuție în contradictoriu.

Chris i se alătură în fața camerei de motel și spuse:

-Așa e Frank, ce să spun. Sunt convins că nu există altul ca el în district. Nu la fel de arțăgos ca el, adjunctul de șerif spuse și, evident, dădu din umeri.

- Eh, nu contează, replică agentul. Oamenii se supără când o anchetă intervine în viața lor și în câștigarea pâinii de toate zilele. Înțeleg lucrurile astea, spuse el dând din mână.

Sunetul mașinii medicului legist îi atrase atenția spre stradă. Furgoneta criminaliștilor și cea a morgii se aliniară în spatele mașinii doctorului.

-Doctorul și criminaliștii sunt aici, observă el. Acum putem începe investigația. Poate putem să ne dăm la o parte din calea lui Potter mai curând, îi spuse el lui Chris și îi făcu cu ochiul.

Adjunctul de șerif zâmbi.

-Nu e ca și cum îți va mulțumi pentru considerația ta, îi replică el. Și dacă ai face curat în camera de motel tu însuți, și tot nu s-ar obosi să îți spună un amărât de *mulțumesc*, îl avertiză Chris.

Mackinnon îl îndepărtă pe Potter din gândurile sale ca și cum nu ar fi existat și făcu un semn de lehamite cu mâna. Îl salută pe medicul legist și pe ceilalți agenți.

-Am auzit că te-ai ales cu o nouă crimă, se adresă medicul lui Mackinnon şi îi strânse mâna.

În sfârşit, un om care nu crede că am râie sau Dumnezeu ştie ce. Mackinnon îi zâmbi lui Mick Johnson şi îl bătu pe umăr.

-Să sperăm că va fi ultima din acest caz. Asta e un oraş mic şi nu au văzut o crimă de mai bine de cincizeci de ani aşa că... nu mă mai aştept la încă una, îşi scutură el capul.

Apoi se gândi mai bine şi adăugă, împungând cu degetul său mare în spate spre uşa închisă a camerei de motel:

-De fapt nu m-am aşteptat nici la aceasta.

-Hai să vedem ce e înăuntru, Mick propuse şi scoase o pereche de mănuşi chirurgicale din trusa sa.

Mackinnon luă şi el o pereche şi apoi deschise uşa cu mâna înmănuşată. Abia apoi remarcă:

-Nici nu ştiu de ce mă mai obosesc să deschid uşa purtând mănuşi. Sunt sigur că cel puţin două persoane au atins clanţa, îşi clătina el capul cu amărăciune.

Avea o anchetă care ridica mari probleme. Suspecţii izvorau de peste tot şi nici măcar o singură persoană nu apăruse cu o informaţie cât de cât, deşi Chris deja împrăştiase zvonul în oraş că aşteptau noutăţi.

Când Mackinnon l-a întrebat care ar fi fost cea mai bună cale de a-i informa pe locuitori că era în căutare de informaţii, Chris i-a spus să nu se obosească pentru că avea el soluţia.

Tocmai intrau în restaurant să ia prânzul când Chris a exclamat:

-Și uite și soluția mea.

Pur și simplu i-a spus văduvei Sorenson, care tocmai trecea pe acolo, că agenții aveau nevoie de informații.

-În mai puțin de jumătate de oră, întregul oraș va știi că așteptăm vești, îl asigură el pe agentul special care își arătă scepticismul.

-Ești sigur? Mackinnon l-a întrebat neîncrezător.

Nu credea că pasând acea informație unei singure persoane ajuta la ceva.

-Nu o subestima pe doamna Sorenson, Chris l-a mustrat prietenește, fluturându-și degetul în fața agentului. E ca fulgerul când e cazul să împrăștie vești, zvonuri și alte cele, spuse el și dădu din cap cu convingere.

Mackinnon a avut dubiile sale privind soluția lui Chris, dar nu și-a exprimat rezerva atunci. Acum își reconsideră atitudinea.

-O fi văduva Sorenson ca fulgerul, dar tot nu avem nici o informație, murmură el pentru propriile sale urechi.

Chris, mereu lângă el, ca și cum erau trași pe ață, îl auzi foarte bine și înțelese la ce se referea. Îi replică cu precauție:

-Asta nu înseamnă că doamna Sorenson nu și-a făcut treaba, Mackinnon. Chiar și Lorna o folosea pe post de diseminatoare de zvonuri. Spunându-i ei ceva, are mai mult efect decât dacă ai publica acel lucru în ziarul orașului... Lipsa de informații poate însemna că fie nu au fost martori, ceea ce pare plauzibil, pentru că mă îndoiesc că stătea careva în fața casei Carterilor la ora aceea seara, specifică el cu aceeaşi ridicare din umeri caracteristică, sau dacă au fost martori, atunci înseamnă că nu vor să-ţi vorbească, ceea ce de asemenea este posibil... Oamenii nu prea sunt încrezători când apar persoane noi în oraş.

Mackinnon blestemă auzul perfect al bărbatului. *Nu poţi nici gândi în linişte în oraşul ăsta prăpădit, pierdut pe hartă*, înjură el.

Oricum, recunoscu faptul că adjunctul şerifului avea dreptate. De multe ori se lovise de astfel de probleme în orasele mici. Oamenii erau crispaţi şi nu aveau încredere în cei veniţi din afara comunităţii lor. Dacă aveau probleme, şi le rezolvau singuri. Nu primeau străini în mijlocul lor cu braţele deschise şi nu găseau nici un fel de plăcere în a-şi spăla rufele murdare în public.

Mick Johnson, care se lăsase pe vine lângă cadavru şi îl cerceta de ceva vreme, se ridică şi spuse:

-Aş zice că e acelaşi criminal. Arma crimei e diferită, deşi e vorba tot de un cuţit de bucătărie ca cel folosit împotriva Lornei Carter, specifică el.

-Ce te face să crezi că e acelaşi ucigaş? întrebă Chris cu curiozitate vie.

-Ei bine, nu ştiu dacă e sigur aşa până ce nu fac autopsia, evident, dar adâncimea rănilor şi unghiul lor par identice, explică doctorul. Persoana care l-a ucis pe acest bărbat are aceeaşi înălţime şi putere ca cea care a ucis-o pe Lorna Carter. Aş spune că atunci când ucigaşul a înjunghiat-o pe Lorna prima data – şi folosesc aici masculinul ca generic, să nu îţi faci idei, a ezitat. Autopsia a arătat că lama cuţitului nu a pătruns foarte adânc. Cu toate acestea, ucigaşul fie a dobândit mai multă încredere în sine cu fiecare lovitură, fie a devenit din ce în ce mai fuios. Aceeaşi mânie a fost prezentă şi aici, Mick Johnson arătă spre cadavru. Cred că în fapt furia atacatorului a escaladat un pic, presupuse el.

-De ce crezi asta? Chris l-a întrebat din nou.

Mackinnon îşi ascunse zâmbetul pentru că îl cunoştea pe Mick foarte bine şi cam îşi imagină cum îi va răspunde tânărului plin de zel.

Zgândărit, medicul legist îi aruncă o privire piezişă adjunctului de şerif. Înţelegea şi admira dorinţa bărbatului de a învăţa, dar şi-ar fi dorit ca omul să fi ales pe altcineva să îl înveţe.

Mick Johnson întotdeauna refuzase ofertele de a preda la universitate. Nu avea destulă răbdare pentru o astfel de slujbă şi câţiva dintre asistenţii medicului legist puteau depune mărturie în acel sens.

În ciuda neplăcerii, Mick alese să îi răspundă adjunctului de şerif, chiar dacă era uşor iritat.

-Poţi vedea tu însuţi, omule, se răsti el. E aici, chiar sub nasul tău. Lorna a fost înjunghiată de cinci ori. Cu acest individ, criminalul şi-a pierdut cumpătul rău de tot. Cred că văd mai mult de o duzină de răni, arătă el. Le voi număra în timpul autopsiei, îi spuse el lui Mackinnon, fără a se obosi să-şi îmblânzească tonul.

Mackinnon nu o luă personal şi îşi exprimă gratitudinea. Îi puse pe agenţi să lucreze în timp ce el citi raportul criminalistic. Nu era încă definitivat, dar tot îi oferea câteva amănunte importante.

-Hei, Miller, îl strigă el pe cel ce conducea echipa criminalistică. Văd că ai găsit amprente pe cuțitul cu care a fost ucisă Lorna Carter.

Miller, scund și îndesat, cu o tunsoare soldățească, se întoarse spre Mackinnon.

-Erau numai trei, dar bănuiesc că aparțin membrilor de familie. Aceleași seturi de amprente erau peste tot în casă, ridică el din umeri.

-Am priceput, mormăi Mackinnon.

Sperase că avea ceva care să indice criminalul. Dar oricum, niciodată nu fugise de munca grea și nu avea de gând să înceapă cu acea anchetă.

David se întoarse de la biroul motelului și îl abordă:

-Boss, cei doi Potter mi-au arătat registrul, spuse el și își șterse fruntea. Nu a fost ușor să îl conving pe individul ăla, Potter, să mi-l arate, zise el cu amărăciune. Îți jur, omul ăla a văzut prea multe filme. Probabil are prea mult timp liber și nu are ce face cu el.

-Poți să vorbești la obiect? Mackinnon îi ceru cu asprime.

Avea două crime de rezolvat și o dorință fierbinte de a părăsi orașul cât mai repede posibil.

David se grăbi să răspundă:

-Desigur. Bărbatul care a închiriat camera... Aparent, victima este același om... Frank Potter l-a recunoscut, în ciuda... butonierelor, spuse el și se scuză în fața lui Mackinnon, cuvintele lui boss, nu ale mele.

-Chiar trebuie să mă repet? agentul lătră la David. Am zis să vorbești la obiect nu să bați câmpii.

-Oh,da, David replică. Ei bine, bărbatul avea carnet de conducere. Numele lui este, vreau să spun a fost, Donald Anderson. Locuia în New York, ori cel puțin așa arăta carnetul de conducere. Înțeleg că nu era prima dată când venea pe aici. Vizita motelul cam de patru, cinci ori pe an, și asta de-a lungul ultimilor șapte sau opt ani. Familia Potter nu știe de ce și nici nu au întrebat. Frank Potter a zis că nu îi păsa atâta timp cât omul își plătea factura în întregime când venea să ia camera.

-Ai obținut datele pentru ultimele lui vizite? Hai să spunem ultimele trei sau patru? Mackinnon întrebă, un gând prinzând formă în mintea lui.

-Nu… David ezită. Ar fi trebuit să...?

-Desigur că ar fi trebuit, Mackinnon spuse. Datele acelea ne pot ajuta să aflăm de ce venea aici. Nu e ca și cum orașul e renumit pentru turism sau afaceri, remarcă el cu sarcasm.

-Mă duc înapoi, boss, David spuse cu resemnare și un oftat adânc îi însoți pașii.

Nu simțea nevoia de a asculta cicăleala lui Frank Potter din nou.

Până când se întoarse, arătând ca o rufă bine stoarsă, Mick Johnson deja ceruse să fie ridicat cadavrul și plecase. Mackinnon discutase cu supervizorul echipei criminalistice, care se presupunea că se va ocupa de cameră și o va sigila.

Întreaga echipă de anchetă, împreună cu adjunctul de șerif, era gata să se întoarcă la stația șerifului să discute un nou plan de atac.

-Ai obținut datele? Mackinnon îl întrebă când dădu cu ochii de el.

-Da, pentru ultimii doi ani, domnule, răspunse David.

Nu voia să fie trimis înapoi dacă Mackinnon ar fi avut nevoie de mai multe date pentru investigație. Ar fi fost fericit dacă nu ar mai fi dat ochii cu Frank Potter niciodată.

CAPITOLUL 13 – NU EXISTĂ COINCIDENȚE

Luând loc în jurul mesei de conferință încă o dată în acea zi, agenții își consultară notele și-și beau cafeaua. De data aceasta, își cumpăraseră cafeaua de la stația de benzină în drumul lor înapoi înspre oraș.

Mackinnon considerase că ar fi fost mai bine să-și cumpere cafeaua ei înșiși decât să iște din nou mânia acelei pantere, Norma Jean. Agentul își făcea probleme privind integritatea corporală a adjunctului de șerif. Femeia aceea nu semăna deloc așa numitelor roze sudiste pe care cineva s-ar fi așteptat să le întânească într-un orășel ca acesta, în vestul Oklahomei.

Mackinnon îi chemă pe toți la ordine când Chris intră în sala de conferință. Șeriful îl oprise pentru a discuta cu el când au intrat în stație.

Adjunctul era tensionat. Nu era dificil de observat, pentru că își închidea și deschidea pumnii cu furie.

-E ceva în neregulă? Mackinnon îl întrebă, pregătit să se ducă și să muiscute cu șeriful dacă acesta îl hărțuia pe adjunct pentru că lucra cu OSBI.

Chris dădu din mână și spuse:

-Nu foarte important.

Nu dorea să-şi mai amintească scena urâtă din biroul şerifului. Kenneth turba de mânie din cauză că agenţii nu apelau la el în cadrul anchetei şi, evident, îşi vărsa frustrarea asupra lui Chris.

-Hai să vedem ce trebuie să facem acum, Chris propuse şi trase un scaun să ia loc la masă.

Mackinnon ar fi vrut să insiste, dar îşi ţinu gura închisă. Omul nu dorea să-şi împărtăşească problemele cu ei, şi îi respectă alegerea.

-Mai întâi, avem nevoie să ne ajuţi să descoperim dacă există vreun tipar în vizitele victimei în oraş, spuse el. David ne-a adus lista cu datele pentru ultimii doi ani. Hai să vedem, zise el şi trase spre el bloc-notesul unde David scrisese datele. Îţi spune ceva data de 26 iulie? Gândeşte-te dacă s-a întâmplat ceva în jurul acelei date. Văd că Donald Anderson a avut o cameră între 26 iulie şi 31 iulie, citi el datele şi privi spre Chris.

Adjunctul de şerif îşi închise ochii şi riduri i se formară pe frunte. Ciocăni cu degetele pe masă ritmic şi îşi linse buza inferioară, ceea ce atrase atenţia femeilor. Apoi deschise ochii şi spuse:

-Două lucruri s-au întâmplat în perioada aceea. Îmi amintesc că una dintre vacile lui Randall a născut un viţel cu trei picioare.

Observând privirea fixă a lui Mackinnon, specifică:

-Randall are o fermă la nord de oraş.

-Nu cred că naşterea viţelului are legatură cu Anderson, Mackinnon remarcă caustic, iar agenţii săi îşi ascunseră zâmbetele, cu excepţia lui David.

-Nu, presupun că nu, ridică Chris din umeri. Al doilea lucru ce s-a întâmplat tot cam pe atunci a fost incendiul de la familia Whites. Era vineri seara. Familia Whites sunt și ei fermieri. Hambarul le-a ars complet. Cenușă s-a făcut. Nu au putut salva prea multe, iar biata doamnă Whites, în graba ei să scoată ce putea din hambar, a căzut și și-a rupt brațul. A avut arsuri pe brațe și pe bust, Chris își aminti scuturându-și capul cu tristețe. A fost oribil. Au ținut-o în spital câteva săptămâni, cred.

-Înțeleg, zise Mackinnon. S-a întâmplat ceva între familia Whites și Lorna Carter? întrebă el, mânat de o presimțire.

-Acum că întrebi, îmi amintesc că doamna Whites s-a certat serios cu Lorna, câteva săptămâni înainte de focul acela.

Chris dădu din cap, iar ochii i se rotunjiră când și-a dat seama că exista o conexiune între familia Whites și Lorna.

-Toți au vorbit despre cearta aceea. Doamna Whites nu a fost prea diplomată și i-a spus niște adevăruri dureroase Lornei.

Mackinnon așteptă câteva secunde și când a fost sigur că și-a terminat Chris raportul, s-a uitat înapoi pe bloc-notesul de pe masă.

-Și ce știi despre perioada 10 martie și 14 martie? îl întrebă el pe adjunct.

Chipul adjunctului de șerif se întunecă și ochii i se îngustară atât de mult încât deveniră două fante înguste. Își încleștă pumnii cu putere și încheieturile i se albiră.

-Atunci a fost violată Emily Logan, răspunse el aproape șoptit. Am găsit-o în aleea aceea în noaptea dinspre 11 martie spre 12 martie.

Datele prezentau un tablou oribil. Pielea adjunctului de șerif deveni cenușie și tensiunea sa era palpabilă.

-Putem testa ADN-ul bebelușului, Chris propuse. Emily chiar a născut noaptea trecută, continuă el. Dacă ADN-ul se potrivește cu al lui Anderson, atunci avem răspunsul, zic eu.

Toată lumea se holbă la Chris. Mackinnon își trase mental o palmă pentru că nu se gândise deja la așa ceva.

-Ai dreptate, Chris. O vom face mâine... Acum, ce știi despre perioada 9 decembrie și 14 decembrie? întrebă el.

Lui Chris îi trebuiră numai câteva secunde să își aducă aminte.

-Fiul familiei Wilson a dispărut în perioada aceea.

-Presupun că l-ați căutat, îl întrebă Mackinnon.

Chris negă scuturându-și capul.

-Nu? agentul întrebă uimit.

-Nu, răspunse Chris pe un ton obosit. Lewis Wilson avea deja nouăsprezece ani la vremea aceea. Șeriful a spus că pur și simplu a luat-o la picior prin lume, așa că nu s-a făcut nici o anchetă.

-Ar trebui să întreb dacă a existat o oarecare legatură cu Lorna? Mackinnon lăsă bloc-notesul jos și se uită la Chris.

Chris aprobă dând din cap afirmativ:

-Da, a fost. Doar cu o săptămână sau două înainte, nu știu chiar exact când, Lewis Wilson a spus că Lorna era o ticăloasă și că el o va dovedi întregului oraș. A zis că va demonstra de ce era ea capabilă.

-Şi şeriful nu a considerat că ar fi fost motiv de anchetă?

-Şeriful este şerif datorită Lornei Carter, Chris argumentă. Nu ar fi văzut că ar fi fost ceva de investigat dacă era vorba despre ea. Nu că ar fi făcut legătura, ca să fiu sincer, Chris menţionă.

Nu-i plăcea şeriful, dar nici nu putea minţi. Ken Willow nu era renumit pentru acuitatea de a raţiona. Chris era convins că şeriful nu a văzut nici un fel de legătură între dispariţia lui Lewis şi Lorna.

Mackinnon îl privi fix câteva clipe, bătând cu degetele în bloc-notes. Apoi spuse:

-Chris, am nevoie de toate datele pe care le aveţi în legătură cu Lewis Wilson. Aş vrea să mi le aduci acum. Voi pune o echipă să îl verifice. Dacă puştiul este bine şi nevătămat şi pur şi simplu a tulit-o în căutarea aventurii, totul este perfect. Mi-e teamă însă că dispariţia lui ascunde un adevăr oribil.

-Un moment, Chris dădu din cap şi se ridică.

Ieşi din cameră simţind ochii lui Mackinnon pironiţi pe spatele lui.

-Crezi că victima este un asasin plătit de Lorna, Kate i se adresă lui Mackinnon.

-Aşa se pare, dar, mai întâi, aş vrea să mă asigur că nu îmi imaginez anumite lucruri, Mackinnon răspunse. Mai mult de atât, mă întreb unde naiba a reuşit femeia să găsească genul ăsta de om? Mă îndoiesc că l-a găsit citind anunţurile de pe Craigslist.

Umbra unui zâmbet arcui buzele lui Bob.

-Ceva amuzant, Bob? Mackinnon întrebă.

Bob ezită câteva clipă, iar apoi spuse:

-Nu ai idee ce poți găsi pe Craigslist, boss.

-Pe bune? Mackinnon se întoarse spre el complet.

Ochii îi străluceau de curiozitate.

-Nu mă lăsa așa. Spune-mi mai multe, îl impulsionă pe agent.

Bob deschise gura să spună ceva când vocea ridicată a lui Chris penetră în încăpere prin ușa închisă.

-Pentru că așa am zis eu, femeie zurlie. Și fă — o acum, lătră el.

Zgomotul unui teanc de dosare căzând pe podea reverberă prin stație. Cu toate acestea, acum Mackinnon avea o idee destul de clară despre ce se petrecea și nu se mai grăbi să iasă și să-i ofere ajutor scorpiei cu părul roșu.

Chris se întoarse în încăpere cu un dosar în mână. Un mușchi îi zvâcnea pe falcă și buzele îi erau strânse într-o linie subțire. Ochii îi erau într-atât de reci încât și David se cutremură.

-Totul e în regulă, adjunctule? întrebă Kate.

Chris dădu scurt din cap, dar nu oferi nici un fel de explicații.

-Acesta e dosarul deschis pentru Lewis, îi înmână el hârtiile lui Mackinnon. Nu conține prea multe... Doar ce au spus părinții lui și o poză. Eram aici când au venit să-i anunțe dispariția și am deschis dosarul. Dimineața, șeriful a spus că era doar o pierdere de timp, își aminti Chris cu tristețe.

-Kate, transmite-i informațiile lui Albert. Este la sediu acum. Cere-i să înceapă ancheta privind puştiul care a dispărut, Mackinnon împinse hârtiile spre Kate.

Agenta sună şi îi dădu lui Albert informaţia prin telefon, în timp ce Mackinnon se uita fix pe fereastră înspre copaci. Când agenta a terminat, Mackinnon se întoarse spre Chris.

-Va trebui să fim mai rapizi decât am fost până acum. Aici sunt datele, îi înmână bloc-notesul. Spune-ne pe scurt dacă îţi aminteşti ceva asociat cu datele respective şi dacă a fost ceva vrăjmăşie între Lorna Carter şi eventualii oamenii implicaţi. Bob, tu iei notiţe.

Chris se uită peste datele din bloc-notes şi începu:

-Aceasta de aici, 3 octombrie spre 7 octombrie, 2015. Fiica familiei Campbell a fost călcată de o maşină. Nu am găsit niciodată vinovatul. Există o conexiune cu Lorna. Doamna Campbell a câştigat o competiţie... Cel mai bun gem, cred... Acum aici, 1 mai la 8 mai 2015. Dacă îmi amintesc corect, taurul familiei Butt a fost găsit într-o zănoagă. Nimeni nu a înţeles de ce a fost furat şi ucis. Cred că fiul familiei Butt fusese acceptat la Yale cu bursă... Ianuarie 24 – ianuarie 29 2015... Cred că Jeremiah Hicks a fost internat în spital cu fracturi multiple... A zis că cineva l-a atacat când a ieşit din cârciumă. Omul spusese câteva lucruri neplăcute despre Lorna dupa ce aceasta i-a distrus căsnicia lui Aileen ... Aici, 1 septembrie – 4 septembrie 2014. L-am găsit pe Thomas Nelson într-un şanţ cu fractură craniană. Nu-şi amintea cine sau ce l-a lovit... A pierdut cam o săptămână din viaţă... Nici măcar în ziua de azi nu ştie ce-a făcut în săptămâna aia, Chris ridică din umeri. Nu pare prea supărat pe tema asta, totuşi. Probabil pentru că fusese pe val. O spurca verbal pe Lorna în timpul zilei şi bea ţapăn în timpul nopţii. Ciclul începuse cam cu o lună înainte de atac. Lorna i-a alungat nevasta din localitate. Biata femeie era prea umilită ca să-şi mai arate faţa în urbe. Era profesoară şi Lorna a spus că-şi abuza sexual studenţii. Era ridicol, evident, dar... Au fost oameni care au crezut vorbele ei şi o tratau pe biata femeie de parcă era gunoi... Mulţi oameni pe aici sunt... Ştiţi cum se spune pe aici, *Geaba se învârte motorul dacă nimeni nu controlează volanul.*

Agenţii îşi zâmbiră unul altuia. Ştiau zicala. Apoi Mackinnon concluzionă:

-Nu cred că mai are sens să mergem mai departe cu acest exerciţiu. Este inutil. Omul ucis la motel era clar omul angajat de Lorna. Vom face o listă extinsă cu tot ce a făcut dacă e necesar, dar pe moment, hai să mergem să punem unele întrebări.

Se uită pe furiş la ceas.

-Mai avem câteva ore bune în care putem să mergem şi să deranjăm oamenii pe care îi avem pe listă. În afară de oamenii pe care ţi i-am desemnat, Kate, tu şi Bob veţi intervieva familia Whites şi familia Butts. Chris vă va da indicaţii să ajungeţi la fiecare dintre ei, spuse el privind spre Chris care aprobă înclinând capul. Nancy şi David, voi veţi intervieva şi familia Campbell şi Hicks. De asemenea, veţi primi indicaţii de la Chris privind adresele. Chris şi cu mine îl vom intervieva pe Nelson şi, desigur, familia Logan, pe care deja o aveam pe listă. Dacă vreunul dintre voi dă peste ceva important privind cazul, sunați-mă. Dacă e doar rutină și nimic serios nu apare la suprafață, vom compara notițele după aceea, decretă Mackinnon și îi semnală lui Chris să le dea agenților adresele necesare ca să poată începe partea cea mai grea a unei anchete, corvoada interviurilor.

CAPITOLUL 14 – DACA TOTUL ÎȚI MERGE BINE, CEVA NU E ÎN REGULĂ!

-Cel puțin am avut norocul să îi găsim pe toți acasă, Mackinnon îi spuse pe un ton liniștit lui Chris.

Adjunctul de șerif era în toane proaste și agentul se simțea ca și cum ar fi fost fratele lui mai mare.

Chris nu credea că au fost prea norocoși. Da, i-au găsit pe toți acasă, dar nu au obținut nici un fel de informație care să îi ajute.

-Nu fii atât de descurajat, continuă agentul. În slujba asta, o să risipești mult timp, Chris. Dacă ai găsit suspectul imediat, te sfătuiesc să pritocești lucrurile mai bine, să analizezi totul de zece ori, evident dacă nu ai fost tu însuți martor la crimă. Atunci, da, într-adevăr, suspectul respectiv este făptașul. Altfel... ia-o încetișor. Nu obții răspunsuri imediat și nu vei prinde omul cât ai bate din palme. Atâta timp cât ai răbdare și urmărești firul dovezilor, vei deveni un investigator bun.

Chris păstră tăcerea cu încăpățânare. Sperase să descopere criminalul de-a lungul unuia dintre interviuri, dar toată lumea avea alibi.

-Nu știu, spuse el în final. Am crezut că bătrânul Hanson ar fi omul nostru, dar el nu ar fi avut nici un motiv să îi facă de petrecanie lui Anderson, observă el.

Să îi facă de petrecanie? De unde scoate expresiile astea?

-S-ar fi putut gândi să aplice propria sa idee de justiție, Mackinnon observă. În mod clar îi pasă de fata aceea, Emily. Dacă ar fi știut că Anderson a violat-o, cu siguranță ar fi făcut ceva, remarcă el.

-Probabil, Chris mormăi. Dar a fost cu Emily când Lorna a fost ucisă.

-Mai a rămas Nelson, Mackinnon îl consolă. Hai să vedem ce are și el de spus.

Chris îi dădu indicații minuțioase cum să ajungă la casa lui Nelson și apoi păstră tăcerea. Mackinnon dădu drumul la radio pe o stație country și vocea lui Garth Brooks umplu mașina cântând despre prieteni in în zone rău famate[2]. Mackinnon ținea ritmul muzicii bătând cu degetele în volan, și chiar și Chris bătea ritmul cu piciorul în podeaua mașinii fără să fie conștient de gesturile sale.

L-au găsit pe Nelson pe veranda casei sale. Mai multe sticle goale de bere cu gâtul lung erau împrăștiate peste tot în jur. Au ajuns acolo exact când bărbatul tocmai arunca o sticlă goală pe podea și se apleca să ia o alta dintr-un carton de șase. Acesta le aruncă o privire fugară și apoi ridică sticla în loc de salutare.

Mackinnon se temu că omul era prea beat pentru a răspunde la întrebari și își scutură capul a deznădejde. Chris se aplecă și îi spuse șoptit:

---

[2] *Friends in Low Places* (titlul unui cântec country celebru)

-Nu te teme, e încă capabil să vorbească. Are destul antrenament. I-ar trebui să bea de două ori pe-atâtea sticle să devină incoerent, arătă el spre sticlele împrăştiate peste tot pe verandă.

Agentul nu era prea sigur de asta, dar tot bătusără drumul până la casa lui Nelson şi acesta locuia în afara oraşului. Nu era pregătit să se întoarcă la motel fără să vorbească cu omul.

-Ce este adjunctule? Nelson întrebă între două guri de bere. S-a schimbat cumva legea şi omul nu mai poate bea în propria-i bătătură?

-Nu te teme, Thomas. Nu au avut loc nici un fel de schimbări în legislaţie săptămâna asta, Chris îi surâse. Dar avem nişte întrebări pentru tine, îi spuse el.

-Ha, aşa am crezut şi eu. Chiar m-am minunat că nu ai venit mai devreme, Nelson spuse şi duse sticla la gură din nou.

-De ce? Mackinnon întrebă.

Thomas coborî sticla şi îl privi fix pe agent cu ochi de om beat câteva secunde. Apoi dădu din mână dezgustat.

-Care e problema, Thomas? Chris întrebă.

Thomas mai bău ceva bere în tăcere şi apoi arătă spre agent:

-Crede că sunt dus cu pluta.

-De ce? Pentru că te-am întrebat de ce? Mackinnon îl întrebă.

-Ştii că era mare duşmănie între mine şi Lorna. Iar vrăjitoarea aia merita din plin ce a primit, dădu el din cap cu convingere şi duse berea la gură din nou.

Își șterse gura cu dosul palmei și se uită fix în ochii agentului.

-M-am gândit s-o fac, Thomas spuse liniștit și își trecu degetele prin păr zburlindu-l.

-Să faci ce, Thomas? Chris întrebă, simțind degete reci alunecându-i pe șirea spinării.

-Să-i închid gura muierii ăleia pentru totdeauna, desigur, omul recunoscu. Cineva trebuia s-o facă.

Ochii săi reci îi înghețară pe amândoi, și pe agent și pe adjunctul de șerif.

-Și recunosc că m-am gândit destul de des la asta, Thomas spuse fără teamă.

-Înțeleg, Mackinnon murmură pentru sine, așa numai să vadă dacă era capabil să articuleze vreun sunet.

Mai văzuse bărbați duri înainte, dar bărbatul pe care-l avea acum sub ochi nu arăta nici un fel de emoție. Dacă ar fi fost întrebat despre suspecți în clipa aceea, pe Thomas l-ar fi pus în fruntea listei.

-Ca și cum mi-ar păsa, replică Thomas. Așa ca informație, în ultimele luni, în fiecare seară m-am dus să supraveghez casa Carterilor... De obicei ajungeam acolo pe la opt și jumătate și plecam de acolo după miezul nopții, mărturisi el.

-De ce? Chris întrebă și își șterse palmele de pantaloni.

Seara era neobișnuit de fierbinte și transpira ca un porc. Evident că nici confesiunile lui Thomas nu ajutau prea mult.

-Pentru că părea mult prea convenabil, lătră el. Prea multe conicidențe. Și șeriful, ticălosul ăla nenorocit, nici măcar nu vedea nimic, strigă el cu furie.

-Ce? Chris întrebă din nou.

Thomas se uită la el piéziş şi se scărpină în creştetul capului.

-Parcă ai fi un disc de patefon stricat, Chris.

Lui Chris i-ar fi plăcut să-i spună şi el câteva de dulce, dar Mackinnon îşi puse mâna pe umărul lui şi îl opri.

-Ce, domnule Nelson? Ce nu a reuşit şeriful să vadă?

-Toate accidentele şi nenorocirile alea, Nelson repilcă gesticulând cu ambele mâini.

Berea ţâşni din sticlă şi se opri. Prefera să înghită berea, nu să spele podeaua verandei cu ea.

-Am pus totul cap la cap, le spuse el. Cineva o supăra pe Lorna, ei bine, nu trecea prea multă vreme şi ceva i se întampla. Acum, să o zic pe-a dreaptă, nu o vedeam eu pe Lorna să facă lucrurile alea ea singură... Nu şi-ar fi murdărit ea mâinile, vezi tu... Asta însemna că mai era cineva implicat. Plătea pe cineva.

-Ai fost la casa Carterilor seara trecută? Mackinnon îl întrebă.

Thomas nu se obosi să spună ceva, ci dădu din cap şi iar duse sticla la gură. Abia atunci realiză că deja golise sticla. Se uită înăuntru si, evident, nu mai era urmă de lichid în sticlă. Strâmbându-se revoltat, aruncă sticla şi luă alta.

-Ce ai văzut şi ce ai făcut?

Omul ridică din umeri indiferent şi, deschizând sticla în acelaşi timp, spuse:

-Am văzut destule. De făcut, nu am făcut nimic.

-Ai putea să dezvolți ideea un pic? agentul îl invită, în același timp uitându-se la sticla din mâna lui cu neplăcere.

Thomas îi surprinse privirea și spuse:

-Nu te teme, pot bea fără să îmi pierd cunoștinta cu ușurință. Întreabă-l pe adjunctul de șerif, spuse el arătând cu bărbia spre Chris.

-Bine, zise Mackinnon, ce ai văzut?

-Îți voi spune, dar nu o să-ți placă răspunsul meu, Thomas spuse și își scutură capul.

CAPITOLUL 15 – OBOSEALĂ, DOVEZI NEPLĂCUTE ȘI NORMA JEAN – O COMBINAȚIE EXPLOZIVĂ

La miezul nopții, biroul șerifului era tăcut. Nu era nimeni acolo care să se ocupe de telefoane sau să ia vreo plângere, dacă ceva s-ar fi întâmplat.

Chris era singurul adjunct de șerif rămas pe statul de plată al biroului șerifului, iar Norma Jean lucra numai anumite schimburi.

Numai Chris și Mackinnon erau prezenți în sala de conferințe. Mackinnon îi trimisese deja pe ceilalți înapoi la motel, să prindă câteva ore de somn înainte de ora opt dimineața când trebuiau să se adune în sala mucegaită de conferințe din nou.

Din cauza orei târzii, ascultase numai la o parte din rapoartele agenților privind interviurile lor. Nu ajunseseră încă să discute ce descoperise el și Chris. Oricum îi sunase pe experții criminaliști la sediu și ceruse ca o anumită informație să fie verificată imediat. Voia să aibă evidența pozitivă înainte de a continua linia de anchetă și de a aresta pe cineva.

Chris căscă zgomotos. Încercase să nu caște, dar nu mai era capabil de prea multe la ora aceea.

Îşi ceru scuze de la agent, dar Mackinnon izbucni în râs.

-Fii serios, Chris, amândoi suntem obosiţi. Eu sunt atât de obosit că nici măcar nu mai am puterea să casc. Ar trebui să mergem la culcare. Apropo, cine se ocupă de biroul şerifului noaptea? întrebă el şi se uită curios în jur.

-Chiar acum? Probabil eu, Chris îi replică şi ridică din umeri.

-Asta-i imposibil, agentul spuse. Nu poţi lucra zi şi noapte.

Chris îşi frecă scalpul cu degetele şi îşi zburli părul. Îşi simţea pielea întinsă şi îl durea. Strânse din ochi şi apoi îşi frecă ochii, încercând să îndepărteze particulele ca nisipul încrustate în globurile sale oculare. Abia apoi îi răspunse agentului:

-Am avut un alt adjunct de şerif, un tip ce lucra schimbul de noapte, dar şeriful l-a concediat.

-De ce? Mackinnon întrebă plin de curiozitate, deşi era aproape sigur că putea ghici răspunsul.

-Lorna, evident, ce altceva? Chris replică ostenit.

-Dar nu înţeleg cum de poţi lucra zi şi noapte. Când l-a concediat pe celălalt?

-Acum vreo două săptămâni, Chris răspunse şi îşi punctă răspunsul cu acea ridicare din umeri ce îi era caracteristică. Am un pat acolo în spate, arătă el cu degetul mare spre spatele staţiei şerifului unde se găseau câteva celule. Prind ceva somn în timpul nopţii oricum, aşa de regulă. Este liniştit pe aici, observă el. E adevărat, nu a prea fost aşa de linişte în ultimele două zile, dar de obicei este.

-Bine, atunci. Du-te la patul tău şi ne vedem dimineaţă, aruncă Mackinnon peste umăr, şi cu paşi greoi, osteniţi, ieşi din staţia şerifului.

Chris încuie uşa în spatele lui şi se duse să facă un duş înainte de a merge la culcare. Fiecare fibră din corpul lui ţipa revoltată, iar el îşi folosea ultimele rezerve de voinţă pentru a stătea în picioare.

Dimineaţa lui Chris începu cu o cană mare de cafea fierbinte. Aruncă o privire la ceas şi observă că Norma Jean ar fi trebuit să sosească în cincisprezece minute. Era fericit că mai avea un pic de linişte.

Femeia trăncănea ca o coţofană dimineaţa devreme şi îl înnebunea efectiv. După ce dormise atât de puţin, creierul îi era încă adormit. *Încă o cafea şi probabil îmi voi reveni*, speră el. Avea nevoie de toate facultăţile sale mentale când avea de-a face cu femeia aceea.

Luna trecută, tot dimineaţa ca atunci, l-a ameţit până ce l-a făcut să-i promită că o duce la târgul ţinut pe un câmp de la marginea oraşului de lângă ei. Nu îşi băuse încă prima ceaşcă de cafea şi creierul lui era încă în ceaţă.

Cu toate acestea, cum el întotdeauna îşi ţinea promisiunile, a trebuit să meargă cu ea la târg.

Admitea că se distraseră. Mă rog, în marea parte a timpului. Fuseseră câteva momente în care i-ar fi plăcut să îşi pună degetele în jurul gâtului

Normei Jean și să stoarcă ultima picătură de încăpățânare din ea. Oricum, nu ar fi fost Norma Jean dacă ar fi fost înțelegătoare și fermecătoare tot timpul, se strâmbă el.

Când aruncă o privire în josul străzii, o văzu venind în pas de plimbare spre stația șerifului, de parcă ar fi avut tot timpul din lume să ajungă acolo.

Oftă adânc și se uită în ceașca de cafea. Goli restul cafelei dintr-o înghițitură și se grăbi să își pregătească alta.

Până când Norma Jean intră în stație, el deja băuse jumătate din noua ceașcă de cafea pe care și-o pregătise, și se simțea capabil să îi țină piept.

Femeia își aruncă părul de pe umăr în spate și îl privi cu suspiciune.

-Ce ascunzi? îl întrebă ea, clar bănuind că ceva era în neregulă.

-Ascund? întrebă el cu uimire.

-Da, ai fața aia, își flutură ea mâna în fața ochilor lui.

-Fața aia? întrebă el din nou și se simți ca un idiot.

-Faci pe prostul acum? se încruntă ea. Treaba ta, ridică ea din umeri și trecu pe lângă el cu țâfnă. Presupun că vrei să fac și azi cafea pentru noii tăi prieteni de joacă, remarcă femeia în timp ce își punea geanta în sertarul de sus al biroului ei.

-Prieteni de joacă? se încruntă el.

Ea se îndreptă și oftă. Își puse mâinile pe șolduri și replică cu resemnare:

-Da, văd că e nevoie să fac mai multă cafea. În dimineața asta ești atât de idiot că dacă ai vrea să te arunci pe jos, tot nu ai nimeri ținta[3], își scutură ea capul cu tristețe. Asta nu se poate. Nu oi fi tu foarte deștept, dar nu le pot permite acelor *agenți speciali* să se uite de sus la tine și să mai facă și haz de tine, spuse ea și începu să se ocupe de pregătirea cafelei sub ochii șocați ai lui Chris.

Bărbatul nu putea articula un cuvânt. Își simțea limba înnodată și încerca și să-și dea seama dacă femeia l-a insultat sau i-a făcut un compliment.

Își reaminti de ceașca din mâna lui și înghiți lichidul din câteva înghițituri. După ce a terminat cafeaua, a pus ceașca pe masa Normei Jean.

Ochii lui se fixară automat pe spatele femeii care căuta ceva într-unul din sertarele de jos ale dulapului din spatele biroului ei. O parte rotunjoară bine a corpului ei se mișca în aer, iar tentația era imensă. Chris nu putea să și-o controleze și nu-și putea lua ochii de acolo.

Înghiți cu greutate și degetele începură să-l mănânce. Încă mai argumenta cu sine dacă să o atingă sau nu, când agenții sosiră, vorbind toți în același timp.

Discuția încetă când văzură unde-i erau țintiți ochii adjunctului de șerif și se opriră în prag. Ochii li se plimbară de la chipul lui Chris la partea anatomică pe care Norma Jean încă o avea în aer. Chris se înroși puternic pentru că nu știa cum să le explice purtarea sa lascivă.

---

[3] Expresie din Oklahoma – *If you throw yourself on the ground, you would miss.*

Ca și cum ar fi simțit că ceva se întâmplase, Norma Jean se îndreptă. Privi mai întâi spre agenți și apoi la Chris.

Zâmbetele agenților și fața stacojie a lui Chris o ajutară să deducă ce se întâmplase și își îngustă ochii țintind fața adjunctului de șerif, căruia îi spuse printre dinți:

-Ticălosule!

Chris nu avea pregătită nici o scuză așa că alese să evite o confruntare cu ea și spuse cu confidență, deși era departe de a se simți prea sigur pe sine:

-Vom fi în sala de conferințe, Norma Jean. Când cafeaua e gata, dă un semn și vin să o iau, continuă el, încercând să își păstreze vocea calmă.

În același timp, încerca să-i evite privirea, așa ca își fixă ochii pe zidul din spatele ei.

Norma Jean nu îi răspunse, ci continuă să-l ațintească cu ochii îngustați. Bărbatul îi întoarse spatele și îi invită pe agenți să îl urmeze în sala de conferință. Numai după ce ușa se închise în spatele lui, reuși să respire ușurat.

Agenții luară loc în jurul mesei. Lui David i-ar fi plăcut să-l ia peste picior pe adjunctul șerifului, dar privirea fixă a lui Mackinnon îl făcu să se abțină.

-L-am sunat pe Gus Carter înainte să vin aici și i-am cerut să vină împreună cu Edward la biroul șerifului pentru o discuție. Ar trebui să ajungă cam în cinci minute, Mackinnon îl informă pe Chris, după ce își consultă ceasul.

Adjunctul de șerif dădu din cap și se așeză și el.

-Hai să vedem ce aveți de spus iar apoi vă spunem ce am descoperit noi noaptea trecută, Mackinnon îi invită pe agenți să vorbească.

-Deja am organizat totul aici, spuse Kate batând cu degetul în bloc-notesul său. Din câte am putut deduce, singurul fără un alibiu solid este Jeremiah Hicks. Omul spune că și-a petrecut tot sfârșitul de săptămână cu niște amici din ținutul vecin și că s-a întors duminică noaptea. Hicks a zis că nu a văzut pe nimeni pe șosea și nu crede că ar fi careva care ar putea depune mărturie pentru el. Pretinde că s-a întors la miezul nopții, raportă ea și se uită la Mackinnon.

Bob își drese glasul și toți se întoarseră spre el. Agentul se agită câteva momente după care spuse:

-Hmm, am o teorie.

Mackinnon dădu din cap și îl încurajă să vorbească. Întotdeauna îl încuraja pe agent să își exprime opiniile și întotdeauna îl lăuda când prelua inițiativa. Era un eveniment rar și spera că Bob va deveni mai deschis și își va exprima părerea mai mult de-a lungul timpului.

-Dacă sunt toți implicați?

Ochii celorlalți se îndreptară spre el cu confuzie.

-Ce vrei să spui? Chris întrebă, blestemând ceața care încă îi invada creierul în dimineața aceea.

-Au planificat crima și și-au oferit alibiuri unul altuia, le explică Bob și gesticulă cu mâna nerăbdător.

Bob cugetă: *E clar ca bună ziua, cum de nu-și dau seama și ei?* Își venea să se dea cu capul de masă din cauza frustrării.

-Ca oamenii ăia din Orient Express, continuă el, uitându-se de la unul la altul.

Era dezamăgit că nimeni nu înțelegea ce voia sa spuna.

Brusc, Chris își plesni fruntea:

-Acum știu: Agatha Christie. Crima aceea din tren, exclamă el și Bob dădu din cap, satisfăcut că măcar unul dintre ei avea idee despre ce vorbea.

Mackinnon îl fixă cu privirea și întrebă:

-Serios? Asta gândești tu?

Bob îi întoarse privirea cu înverșunare. Era furios pentru că abia ce-și încălcase politica de a păstra tăcerea și era deja luat peste picior.

-Nu te uita așa la mine, se răsti Mackinnon. Ideea ta are merit și aș fi considerat-o într-o clipă dacă nu aș fi crezut că făptașul e altcineva, și crede-mă am motive serioase să gândesc așa. Se pare că Thomas Nelson l-a văzut pe ucigaș noaptea trecută.

-Și persoana aceea are un motiv serios, de asemenea, Chris adăugă. Pentru ambele crime, dădu el din cap sfătos.

Bob ridică din umeri cu indiferență.

-Nu, serios, de-asta l-am invitat pe Gus aici, Mackinnon menționă. Trebuie să îi punem niște întrebări suplimentare. Dar aceasta nu înseamnă că nu trebuie să-ți faci cunoscute opiniile mai des.

-Poate Norma Jean va aduce cafeaua aia înainte să apară Gus, David spuse. Aș putea bea o ceaşcă sau două, adăugă el şi ceilalti agenţi aprobară dând viguros din cap.

Chris se ridică şi cu paşi apăsaţi se duse spre uşă. O deschise cu un gest brusc şi strigă:

-Hei, Norma Jean, ce se mai aude cu cafeaua aia?

Se întoarse spre agenţi şi le explică:

-Nu o văd la biroul ei.

Exact în acel moment, vocea Normei Jean replică aproare urlând:

-Ţine-ţi brăcinarii, Chris. Fac o altă carafă de cafea acum.

Chris îşi aruncă privirea spre sala principală a staţiei şerifului şi o văzu pe Norma Jean venind din biroul şerifului cu o carafă aproape goală.

-Ce naiba, Norma Jean? Unde a dispărut cafeaua? se răsti la ea şi îşi puse mâinile nervos pe şolduri.

-Şeriful, spuse ea arătând cu capul spre biroul şerifului. Are musafiri, ridică ea din umeri. Doar nu credeai că i-aş spune că era cafeaua pentru tine? întrebă ea cu ironie muşcătoare.

Bărbatul îşi scutură resemnat capul.

-Fac o altă carafă chiar acum, nu te agita. Aşteaptă numai câteva minute, da? îi spuse ea pe un ton plăcut, ceea ce îl confuzionă pe Chris.

Norma Jean îi observă confuzia şi îşi dădu seama ce i-a provocat-o. Îi plăcea la nebunie să vadă că avea puterea să-l ameţească. Îi zâmbi cu toată gura, arătându-i două rânduri de dinţi mici perlaţi.

Bărbatul îşi scutură capul şi pur şi simplu se întoarse în sala de conferinţă. Închise uşa în spatele lui cu grijă. După ce a închis ușa, a oftat adânc și s-a îndreptat spre masă.

Chris simți ochii întrebători ai agenților fixați pe chipul lui și explică:

-Doar o mică întârziere. Norma Jean pregătește o altă carafă de cafea pentru noi chiar acum.

Nici nu s-a așezat Chris bine, că cineva și ciocăni la ușă.

Imposibil, nu ar fi putut să termine cu cafeaua așa de repede, reflectă el.

Mackinnon spuse:

-Intră.

Ușa se deschise permițându-le lui Gus și Edward Carter să intre în încăpere.

-Femeia aia, spuse Gus arțăgos, arătând cu degetul mare în direcția generală a Normei Jean. Aia cu gura mare și păr roșu, Norma Jean, da așa o cheamă. A zis că putem intra.

Gus părea furios foc din cauza comportamentului tinerei femei. Chris își imagină că supărarea lui nu era datorată numai evenimentelor de duminică seara. Putea băga mâna în foc că Norma Jean i-a spus ceva lui Gus și în dimineața aceea.

Edward nu spuse nimic. Se ținea aproape de tatăl său și ochii îi jucau de la un agent la altul, plini de curiozitate.

Mackinnon observă că băiatul semăna cu maică-sa. Părul, ochii și forma feței îi demonstrau apartenența filială mai clar decât ar fi făcut-o un test ADN. Contribuția lui Gus se limitase la înălțimea băiatului și înclinația spre mâncare multă şi bună. Deşi abia intrat în al optsprezecelea an de viaţă, Edward deja avea ditamai burticica.

-Luaţi loc, Mackinnon le indică scaunele pe care le adusese la masă în acea dimineaţă.

Gus se aşeză imediat cu un oftat mulţumit. Edward păru să ezite, dar apoi îi urmă exemplul. Chipul său nu reflecta nici un fel de emoţie.

-V-am chemat aici în dimineaţa aceasta pentru că am nişte întrebări pentru Edward, începu agentul, iar cuvintele sale îl surprinseră pe Gus.

-Ce fel de întrebări? Puştiul nu a fost acasă în seara aceea, se grăbi Gus să explice. În mod obişnuit, Lorna nu l-ar fi lăsat să petreacă noaptea de duminică în afara casei dar… evident băiatul a sărit imediat şi a înhăţat şansa să iasă, nu-i aşa fiule? îşi întrebă el fiul, pleznindu-l zdravăn peste spate.

Tânărul se strâmbă şi nu numai din cauza forţei cu care taică-su îl plesnise. Edward se cam săturase să-l tot audă numindu-l *băiat* tot timpul.

-Da, ne-ai spus că Edward nu a fost acasă în seara aceea, Mackinnon aprobă. Şi totuşi, el a părăsit casa mai devreme, s-a întors în timp ce erai plecat şi apoi a plecat din nou, îi explică el lui Gus. E adevărat, nu-i aşa, Edward? îl întrebă el direct pe tânăr şi Gus rămase cu gura căscată din cauza şocului.

Edward nu răspunse, ci continuă să îl privească pe Mackinnon cu ochi impenetrabili. Gus îşi reveni din surpriză destul de repede şi îşi împunse fiul:

-Zi-le că nu e adevărat, fiule.

-Nu e adevărat, Edward repetă conştiincios cuvintele tatălui său.

Mackinnon îl studie cu grijă şi îi replică:

-Au fost oameni care te-au văzut...

Aşteptă câteva clipe să vadă dacă Edward va spune ceva. Când îşi dădu seama că băiatul va continua să păstreze tăcerea încăpăţânat continuă:

-Şi nu numai o persoană.

Edward ridică din umeri cu indiferenţă, de parcă agentul nu ar fi vorbit despre el. Chipul lui Gus se întunecă atunci când omul înţelese implicaţiile a ceea ce agentul spunea. Simţea dorinţa să-şi ia fiul la palme şi să-l facă să nege toate alegaţiile.

-Şi nu numai acasă, dar şi la motel, Mackinnon îi dădu lovitura finală.

Din păcate, rezultatul nu a fost cel pe care-l aştepta. Chiar în acel moment, uşa se deschise şi vorbăreaţa Norma Jean intră aducând cafeaua şi, surprinzător, prăjiturele.

-Acum cafeaua e gata. Nu ştiu despre voi ceilalţi, dar pentru Chris pot băga mâna în foc că nu a avut parte de nici o îmbucătură pe ziua de azi, aşa că am tras o fugă vis-a-vis şi am cumpărat câte ceva, aşa ca o gustare, femeia avansă în încăpere, vorbind cu veselie, fără măcar să aştepte să i se dea vreo replică.

Edward sări de pe scaun şi o înfăşcă. Ea ţipă şi scăpă cafeaua şi prăjiturelele pe podea. Începu să dea din braţe şi picioare, încercând să-l lovească. Sătul de tentativele ei de a-l lovi, Edward scoase un briceag din buzunarul pantalonilor şi i-l puse la gât. Instantaneu, Norma Jean îngheţă şi ochii i se umplură de lacrimi.

Gus îşi încleştă mâna la piept şi începu să respire şuierător. Mackinnon se ridică încet şi spuse:

-Edward, nu ai unde să fugi de aici. Nu îţi înrăutăţi situaţia. Dă-i drumul femeii.

Tânărul se uită la el şi cu ură, dar şi cu frică. Ochii lui dezvăluiau animalul încolţit care încerca să iasă la iveală.

Kate se duse spre Gus încet. Se temea că bătrânul avea un atac de cord. Edward îi monitoriză mişcările cu ochi agili şi o strânse pe Norma Jean mai tare. Aceasta scânci şi îi aruncă o privire imploratoare lui Chris.

Chipul lui Chris nu trăda nici un fel de emoţie, ca şi cum nu l-ar fi interesat ce se întâmpla. Cu toate acestea, se concentra pe mişcările lui Edward şi evita cu grijă ochii imploratori ai Normei Jean.

După câteva clipe, un rânjet urât se ivi pe buzele lui Edward şi mâna cu cuţitul se relaxă o fracţiune. Tânărul consideră că a câştigat runda aceea, deşi încă nu avea nici o idee clară despre ce ar fi putut face în continuare.

În momentul în care mâna lui Edward se relaxă pe briceag, Chris şi sări pe el. Îi suci braţul cu toată puterea şi briceagul dispăru de la gâtul Normei Jean. Chris nu se opri, ci continuă să îi răsucească braţul până ce se auzi zgomotul oribil care anunţa că i l-a scos din încheietura umărului. Edward urlă de durere şi lacrimi începură să îi curgă pe obraji.

Cu o mână, Chris o smulse pe Norma Jean din mâna lui Edward și o împinse la o parte. Pumnul lui făcu contact cu nasul lui Edward brutal, spărgându-i-l și Edward căzu la pământ cu o bubuitură. Când pumnul lui Chris lovi nasul lui Edward, zgomotul păru să răsune în încăpere, iar agenții se strâmbară. Sângele țâșni și îl orbi pe Edward, care strigă de durere. Acesta încercă să oprească sângele cu mâna sănătoasă, dar nu reuși.

Chris vru să îl mai pocnească o dată, dar Mackinnon puse mâna pe umărului lui și îi ordonă autoritar:

-Cred că e de ajuns, Chris. Lasă-l în pace.

Chris își întoarse ochii obosiți spre Mackinnon. Părea gata să-i încalce ordinul, dar apoi îl împinse pe Edward la o parte și se îndreptă. Se întoarse spre Norma Jean care rămăsese unde o aruncase și o ajută să se ridice.

-Ești bine? o întrebă el cu blândețe, împingându-i o șuviță de păr în spatele urechii.

Norma Jean aprobă dând din cap. Ochii ei erau rotunjiți și plini de admirație. Se uita lung la el, admirându-i forța fizică.

Chris observă lacrimile din ochii și de pe obraji ei, și i le șterse cu degetele. O trase în brațele lui, și ea se lipi de el ca o ferigă.

Nici unul dintre ei nu dădu atenție urletelor de durere ale lui Edward. Mackinnon îi pusese deja brațul la loc în încheietură și îi pusese cătușele. Îl trase în picioare și abia atunci observă că agenții săi priveau fascinați spre Chris. Aruncă o privire de după Bob și, pentru un clipă, îl șocă tandrețea cu care Chris o ținea pe Norma Jean culcușită în brațele sale.

Pe neașteptate, ușa se deschise cu forță și se lovi de perete. Toată lumea, cu excepția lui Chris și a Normei Jean se întoarse spre ușă unde șeriful stătea cu un revolver în mână.

Mackinnon ridică o sprânceană, privind intenționat spre pistol. Șeriful se înroși, dar nu coborî arma.

-Ce naiba se întâmplă aici? întrebă el și ochii îi cazură pe Norma Jean și Chris. Ce naiba i-ai făcut Normei Jean, Chris? Te jupoi de viu, ticălosule, strigă el din toți rărunchii.

Aparent, de-asta avea nevoie Norma Jean ca să își revină. Se desprinse din îmbrățișarea lui Chris, dar continuă să-i atingă pieptul cu mâna posesiv, iar gestul ei le făcu pe agente să reflecteze asupra situației.

Zilele de burlăcie ale bărbatului erau clar numărate. Erau sigure că Norma Jean va avea grijă să îl înhațe rapid. Nici măcar nu-și va da seama ce l-a lovit.

-Ești dus cu sorcova, Ken. Chris mi-a salvat viața, idiotule, îl mustră ea. Unde erai tu când aveam cuțitul la gât? își termină ea tirada urlând.

Șeriful se holbă la ea de parcă i-ar fi crescut coarne. Era incapabil să spună ceva.

-Cine ți-a pus cuțitul la gât? reuși el să întrebe până la urmă.

-Amărăciunea aia de-acolo, arată ea spre Edward. Dacă nu ar fi fost Chris, Dumnezeu știe ce mi s-ar fi întâmplat, îi replică ea pe un ton bătăios.

CAPITOLUL 16 – RĂSPUNSURI LA ÎNTREBĂRI

Șeriful își șterse fruntea. Temperatura era foarte ridicată pentru luna noiembrie, chiar dacă era încă dimineața devreme.

Își puse pistolul înapoi în toc, și, adjudecându-și scaunul cel mai apropiat, se așeză. Evenimentele erau prea încurcate și îi depășeau capacitatea de înțelegere. Pur și simplu era copleșit.

-Poate careva să-mi spună și mie ce se petrece aici? întrebă el, sătul de a fi ținut în întuneric tot timpul.

-Cred că băiatul, Edward, ar trebui să fie cel care să spună povestea, nu-i așa Edward? Mackinnon îl întrebă.

Ochii duri ai lui Chris nu îl părăseau pe tânăr și Edward tremura în pantofi. Înfățișarea și atitudinea lui Chris era departe de ce știa el despre adjunctul de șerif și Edward nu știa cum să se comporte în fața noului Chris.

-Nu, băiatul meu nu va spune o vorbă, Gus interveni.

Veni în spatele lui Edward și îi puse o mână pe umăr. Apoi îl aținti pe Mackinnon cu privirea și continuă:

-Întâi îmi chem avocatul. Îl arestezi acum sau pot să-l iau acasă?

-Sub nici o formă nu-l vei lua cu tine acasă, Chris luă foc şi sări din scaun.

O ajută pe Norma Jean să ia loc în scaunul său şi veni lângă Edward, gata să-l înşfaşce, şi să-l pună în închisoare.

-Ţi-ai pierdut nenorocita de minte? şeriful ţipă. Îndrăzneşti să te iei de Gus Carter? Eşti terminat, Henderson, mă auzi?

-Tacă-ţi gura, Ken, sau ţi-o închid eu dacă nu, Norma Jean sări între ei imediat, gata de bătălie.

Agenţii încercară să îşi ascundă zâmbetele.

-Chris ştie ce face. Acum, nu cred că pot zice acelaşi lucru şi despre tine, nu-i aşa? Ai câlţi în cap în loc de creier, adăugă ea şi Ken deveni stacojiu.

-Despre ce naiba vorbeşti, femeie?

Norma Jean îşi scutură capul de parcă nu ar mai fi avut cuvinte.

-Cineva să-l lămurească, înainte să-mi pierd cumpătul şi să mă ocup de mutra lui pocită, spuse ea.

O porni spre uşă, iar apoi se întoarse şi i se adresă adjunctului de şerif.

-Mă duc să aduc cafea, sandvişuri şi prăjiturele de la cafeneaua de peste drum, Chris.

Când el ridică o sprânceană interogativ, ea dădu din mână nonşalant şi adăugă:

-Da, pentru toată lumea, nu te agita prea tare acum.

Valsă afară din încăpere şi un zâmbet satisfăcut apăru brusc pe buzele lui Chris.

-Eşti sigur că te poţi descurca cu ea, Henderson? David întrebă ironic, dar închise gura imediat ce Mackinnon îi aruncă o privire.

-Nu-ți munci prea tare creierașul, David, cu ce pot sau nu pot face eu, Chris îi replică cu indiferență. Deci, Mackinnon, ce facem cu prăpăditul ăsta? întrebă el arătând spre Edward.

-Citește-i drepturile, amprentează-l și bagă-l după gratii, replică agentul sec. Nu uita să chemi un doctor să-l vadă, deși, după părerea mea, e bine, nu are nevoie de medic.

Ochii șerifului se rotunjiră când vorbele agentului îi penetrară ceața din minte. Deja îl șocaseră cuvintele și atitudinea Normei Jean, iar acum se simțea ca un pește pe uscat. Lucrurile păreau din ce în ce mai ciudate și avea nevoie de o busolă ca să-și găsească calea.

Vocile lui Chris și Gus venind din încăperea alăturată umplură sala de conferințe. Gus insista să-i lase băiatul în pace, iar Chris nu voia să audă nimic pe tema aceea.

-Îl vom aștepta pe Chris să se întoarcă, dacă nu te deranjează, Mackinnon spuse. Adjunctul de șerif a avut un aport imens în desfășurarea acestei anchete și merită să fie prezent.

Ken Willow ridică din umeri cu indiferență. Puțin îi păsa dacă era Chris prezent sau nu. El voia doar să înțeleagă ce se petrecea.

Cinci minute mai târziu, Chris se reîntoarse, ajutând-o pe Norma Jean, care aducea cafea, sandvișuri și prăjituri. Puseră mâncarea pe masă, și, spre uimirea tuturor, Norma Jean, foarte atentă, le turnă ea însăși cafeaua agenților și le oferi zahăr și lapte.

Cum a părăsit încăperea, toată lumea se aruncă pe sandvișuri.

-A plecat Gus deja sau e încă aici? Mackinnon întrebă.

-S-a dus să-şi aducă avocatul, îi replică Chris despachetând un sandviş cu brânză şi şuncă.

Luă o muşcătură zdravănă şi oftă. Era mort de foame. După evenimentele dimineţii, ar fi putut mânca un cal întreg.

-Chris e acum aici, observă şeriful cu sarcasm şi se servi cu unul din sandvişuri.

Mackinnon îi aruncă o privire piezişă şi nu se obosi să îşi mascheze dispreţul faţă de el. Muşcă din sandvişul său de parcă ar fi avut tot timpul din lume şi numai după ce a mestecat încet, cu grijă, a înghiţit şi a început să vorbească.

-Lorna Carter avea propriul ei ucigaş plătit, spuse el şi şeriful îi râse în nas.

-Fii serios, omule. Lorna şi un ucigaş plătit, ha.

Mackinnon îl privi cu ochi reci şi duri şi dădu din cap să dea greutate cuvintelor lui.

-Da, şerifule, un ucigaş plătit. Îţi vom da raportul la final şi atunci vei vedea câte lucruri ai trecut cu vederea, de câte ori ai preferat să nu te uiţi cu prea multă atenţie la fapte. Apropo, cazul lui Lewis Wilson a fost preluat de OSBI, menţionă el.

Şeriful râse din nou:

-Nu e nici un caz. Puştiul pur şi simplu a tulit-o de-acasă.

-Da, la fel ca fiica lui Campbell şi atacul lui Hicks... David murmură, dar şeriful îl auzi şi se încruntă.

-Despre ce naiba vorbeşti? strigă el.

Chris decise că i-a fost îndeajuns. Îşi mâncase deja sandvişul şi câteva prăjiturele şi descoperise că voia să fie el cel care să-i răspundă şerifului.

-Tipul de la motel, acela înjunghiat de câteva ori, era ucigaşul plătit de Lorna. Avem dovezi serioase în unele dintre cazuri. De exemplu, ADN-ul pruncului nou născut al lui Emily Logan demonstrează că Anderson era tatăl. În fine, ideea este că Lorna avusese nevoie să se vadă cu Anderson duminică seara. Pentru ce... Numai ei doi ştiu... Aşa că l-a trimis pe Gus aiurea-n tramvai la ferma primarului şi i-a permis lui Edward să petreacă noaptea cu nişte prieteni, Chris spuse.

Îşi mai turnă cafea în ceaşcă şi, după ce adăugă zahăr şi lapte, bău o gură din lichidul fierbinte şi abia apoi continuă.

-Cu toate acestea, Edward s-a întors acasă. De ce? Putem doar ghici. Probabil că a uitat ceva ... A ajuns acolo la timpul potrivit să o audă pe maică-sa vorbind cu Anderson. A pus lucrurile cap la cap şi şi-a dat seama cine era individul. Este sigur că a ascultat la discuţia dintre maică-sa şi Anderson. Cred că aşa a aflat că el a violat-o pe Emily. Altfel nu cred că ar fi avut motiv să o ucidă pe Lorna sau pe Anderson.

-Asta este pură speculaţie, îl luă Ken în derâdere. Nu ai nici o dovadă că băiatul a ucis pe careva. Ştii ce ne va face Gus, idiotule?

-Dar avem dovada, replică Mackinnon. Sunt oameni care îl pot plasa pe Edward Carter la ambele locuri ale crimelor şi exact în momentul când crimele au avut loc. Amprentele lui sunt pe cuţite.

-Cuțitele au provenit din bucătăria lor, argumentă Ken. Desigur că amprentele sale sunt pe cuțite.

-Poate că așa e, dar, totuși, Chris interveni, ai văzut lacerațiile de pe mîna lui Edward?

Ken nu îi replică, ci se uită urât la el.

-Ei bine, are lacerații. Și experții criminaliști au determinat că la baza ambelor cuțite se găsea sânge care nu aparținea victimelor. Testul ADN va demonstra că îi aparține lui Edward, concluzionă el.

Ken nu mai argumentă. Își dădu seama că raționamentul lor era valid și că, probabil, probele criminalistice vor susține concluzia lui Chris. De asemenea, înțelese că zilele lui ca șerif erau numărate.

EPILOG

Oprind maşina, Norma Jean auzi ciocănitul venind din partea cealaltă a casei. Un zâmbet larg îi lumină chipul şi îşi aruncă părul pe spate. Condusese cu ferestrele coborâte şi părul îi fusese răvăşit de vânt.

Ieşi din maşină şi, aplecându-se înăuntru, scoase un coş acoperit cu un prosop de bucătărie alb. Îi plouă în gură când aroma puiului proaspăt copt la cuptor îi gâdilă nasul.

Puse coşul pe pământ lângă maşină şi se apleacă din nou înăuntru să scoată o pungă cu o sticlă de vin roşu şi cutia cu prăjituri pe care le copsese în dimineaţa aceea. De asemenea, îşi luă geanta pe care o lăsase pe scaunul din spate.

Închise uşa la maşină şi adună totul cu grijă. Apoi se îndreptă spre spatele casei unde îl găsi pe Chris manevrând un ciocan cu sârg.

Terminase camerele pe care plănuise să le adauge la casă, iar acum construia o verandă în jurul întregului perimetru al casei, destul de largă pentru a adăposti un balansoar mare şi flori.

-Hei tu, îl salută ea şi Chris se opri din ciocănit şi îşi întoarse capul spre ea.

Bărbatul îşi şterse fruntea de sudoare şi zâmbi când observă ce căra.

-Văd că ai adus mâncare, râse el.

-M-am gândit ca vei avea nevoie de ceva mâncare după atâta muncă, replică ea. Am adus și o sticlă de vin. Doar trebuie să celebrăm alegerea ta, șerifule, îi făcu ea cu ochiul.

-Norma Jean, indiferent cu ce ai încerca să mă mituiești, iubito, tot nu-ți primești slujba înapoi. Nu simt nevoia să îmi trag un glonte în cap singur, râse el.

-Te crezi hazliu, da? strigă ea la el.

Se aplecă și luă o bucată de lemn de pe jos și o aruncă spre el.

-Nu încercam să te mituiesc, măgarule. Am gătit pentru tine toată dimineața, Chris Henderson și...

El o trase în brațe și îi închise gura cu un sărut plin de pasiune.

153

BIOGRAFIA AUTOAREI

Născută în Europa cu ceva timp în urmă, scriitoarea a început să iubească cărţile de la o vârstă fragedă. Următorul pas a fost uşor: scrisul a devenit atât vis cât şi ţel.

Îi place să scrie şi să facă prăjituri – acestea două merg bine împreună, şi îi place să petreacă timpul cu câinele ei – ori aproape tot timpul pentru că este un mic demon.

În urma unei călătorii în Scoţia, şi-a dăruit inima acelei ţări frumoase şi oameni extraordinari şi, de aceea, a ales un detectiv scoţian ca erou al majorităţii romanelor sale poliţiste.

Cărți scrise de Roxana Năstase:

Haos pe Strada Privighetorii – Seria
McNamara – Vol I

Miesme și Umbre – Seria McNamara – Vol
II

Un Epitaf Potrivit

Vor urma:

Un Imigrant

Legături Relative – Seria McNamara – vol.
III

Defiance (SF)

Pentru a auzi despre lansări de carte în viitor, va rog înscrieți-vă la newsletter pe:

www.roxananastase.weebly.com.

Nu vă vor fi trimise alt gen de emailuri.

Vă mulțumesc că ați citit romanul *O Muiere Bisericoasă*. Dacă v-a plăcut, vă rog spuneți-le și prietenilor dumneavoastră despre el sau scrieți o scurtă recenzie. Reclama din gură în gură este cel mai bun prieten al unui autor și este extrem de apreciată.

Vă mulțumesc,

Roxana Năstase